新 Vita Nuova 生

［意］但丁 著
石绘 李海鹏 译 吴功青 校

Dante Alighieri

漓江出版社
·桂林·

图书在版编目(CIP)数据

新生 / （意）但丁著；石绘，李海鹏译. -- 桂林：漓江出版社，2021.1
ISBN 978-7-5407-8933-6

Ⅰ.①新… Ⅱ.①但… ②石…③李… Ⅲ.①散文诗-意大利-中世纪 Ⅳ.①I546.23

中国版本图书馆CIP数据核字（2020）第225079号

新生

XIN SHENG

［意］但丁 著
石绘 李海鹏 译

出 版 人：刘迪才
策划编辑：林培秋
责任编辑：杨 静
助理编辑：林培秋
装帧设计：周伟伟
责任监印：黄菲菲

出版发行：漓江出版社有限公司
社 址：广西桂林市南环路22号
邮 编：541002
发行电话：0773-2583322 010-85893190
传 真：0773-2582200 010-85890870-814
邮购热线：0773-2583322
电子信箱：ljcbs@163.com
微信公众号：lijiangpress

印 制：香河县闻泰印刷包装有限公司
开 本：880 mm × 1230 mm 1/32
印 张：5.25 字 数：100千字
版 次：2021年1月第1版 印 次：2021年1月第1次印刷
书 号：ISBN 978-7-5407-8933-6 定 价：40.00元

目录

Contents

序

《新生》大约创作于1292—1293年，在多数版本中，这部作品分为42节[1]，包括31首抒情诗，用散文连缀写成。从现代读者的角度看，《新生》讲述的主要是但丁年轻时的爱情遭遇：诗人9岁时邂逅了邻家女孩贝阿特丽彩，对其一见钟情（第2节），并在梦中听到自己成为爱神的奴仆（第3节）；成年后，为了掩盖自己的真爱，诗人数次佯装关注别的女子，从而引起非议，也引起贝阿特丽彩的误解；诗人因未能得到贝阿特丽彩的问候而痛苦，夜晚诗人梦到爱神再次降临，爱神向他说出了晦涩的预言（第12节）；后来但丁在重病中听到爱神预言贝阿特丽彩之死（第23节），此后再次与其相遇（第24节）；不久贝阿特丽彩仙逝（第28节），悲痛的诗人得到一位温柔女子的怜悯与安慰（第35节）；后来诗人在异象中看到贝

1　一些《新生》版本将42节改为43节。汉译本中，钱鸿嘉先生的译本就是采取的43节。

阿特丽彩升入天国（第39节）。

同样从现代读者的角度看，《新生》无论是情节还是叙事都有诸多缺陷：女主角贝阿特丽彩过早死去；诗人多次移情别恋；各个事件发生的时间总与某个数字（特别是“9”）紧密关联，其巧合过于牵强；作品梦幻与现实交织，但对梦幻的描写过于详细（如对贝阿特丽彩死亡的预言），而对现实的描写又往往一笔带过（如贝阿特丽彩之死），详略安排失当；“爱神”形象的塑造前后不统一，在前半部分，爱神作为鲜明的人格化形象出现在诗人梦境中，但却在第25节后消失；叙事部分夹杂着烦琐的哲学论证和对诗歌结构的分析，它们与情节缺少关联，接近赘述……从现代人角度看，以上都是《新生》叙事的硬伤。然而不应忘记，《新生》是一部中古时代末期的作品，还原其创作语境，才能对作品进行公正的评价。下面，我们就从《新生》的主题与结构两方面切入这些问题，进入诗人真实的“生活世界”。

1．从“温柔新体派”到“贝阿特丽彩之死”

在《新生》第3节中提到一位“挚友”，在第30节中，又有这样一句话：“我知道我的挚友，亦即本书题献的对象与我的观点不谋而合……”这位“挚友”及“题献的对象”正是“温柔新体派”诗人卡瓦尔坎蒂，而《新生》收录的诗歌很大一部分也显露出与“温柔新体派”的关联。[1]

“温柔新体派”起源于普罗旺斯骑士抒情诗，歌颂心爱女子的美丽与高贵是这类诗歌的传统主题。“温柔新体派”诗人继承了这一传统，并常常将所爱的世俗女子抬高到“上帝天使”的地位，比如圭尼切利的名作《在温柔的心灵里》（*Al cor gentil*），其结尾处写道：

淑女，当我的灵魂来到上帝面前/他会对我

1　除去和卡瓦尔坎蒂的酬唱赠答，《新生》也体现出对其他“温柔新体派”诗人的回应，试对比《新生》第20节中的商籁片段“爱神与温柔的心灵如出一辙……”与下文提到的圭尼切利的诗歌《在温柔的心灵里》，二者的相似之处显而易见。

说：“你怎么如此傲慢？/你走过天国，来到我这里/却将我比作空虚的爱/所有的赞美都归于我/还有那弃绝一切罪恶的高贵王国的女王。”/我将对他说：“她就像/你王国中的天使啊/若我恋上她，那不是我的错误。”[1]

表面看来，诗人并未因歌颂世俗爱情而否弃基督教信仰。然而显而易见的是，诗歌结尾，世俗的爱情是以“争议”的姿态面对信仰的，换言之，在“温柔新体派”的传统中，没有世俗挚爱与信仰的和谐。

由于对世俗女子的爱无法以信仰为依据，诗人与女郎的爱情也常常充满幻灭与悲剧感，这就是《新生》题献的主要对象——卡瓦尔坎蒂诗歌中经常呈现出的主题：在天使一般高高在上的女郎面前，自惭形秽的诗人成为爱欲的奴隶，他要么因无法得到爱人的怜悯而痛不欲生，要么因女郎的突然离去而陷入悲痛无法自拔。比如其诗歌《哦，我的女郎》（*O donna mia*）就表达了这样的情绪：

1　诗歌原文见意英双语本 Guido Guinizelli, *The Poetry of Guido Guinizelli*, Ed. and Trans. Robert Edwards, Garland Publishing, Inc. 1987, pp. 20–23.

哦，我的女郎，你可见到他，
将我的双手放在他胸口
当我回答你，虚弱又温柔，
因他的箭而害怕？

那就是爱神——他发现了我们，
我退缩着——他从远方而来
扮作叙利亚的弓箭手，
只为了好将他人射杀

他从你的眼中引出叹息，
在我心里留下重重的创伤
我战栗着，逃离

随着这样的折磨
死神必然向我现身，
往往是它们，吞噬了旁的悲苦……[1]

在名作《一位女郎请求我》（*Donna mi Prega*）

---

1 诗歌原文见意英双语本Guido Cavalcanti, *The Complete Poems*, Translated and Introduction and Notes by Marc. A. Cirigliano, New York: Italica Press, 1992, pp. 46–47.

中，卡瓦尔坎蒂解释了自己爱情的哲学：从灵魂角度看，爱情并不来源于理性，而是来源于情感；从宇宙论看，爱情的力量来自火星——带来死亡与灾难的行星。[1] 按照这种哲学，就不难理解，为何在卡瓦尔坎蒂笔下，爱常与死亡的阴影彼此纠缠。

以“温柔新体派”的诗学理念为参照，我们再来看《新生》中的“贝阿特丽彩之死”与爱神形象。

在与贝阿特丽彩初次邂逅之时，但丁便成了爱神的俘虏：

> 我心房最深处的生命之灵便开始剧烈地颤抖，连身体中最细微的脉管都在不可思议地战栗，它如是说：“看哪，一位比我更加强大的神正在来临并将主宰我！”

在接下来的第 3 节中，爱神化为一个人的形象在诗人梦中显现：

> 我仿佛看见房间里有一片火红的云，从中能

1 诗歌原文见意英双语本 Guido Cavalcanti, *The Complete Poems*, Translated and Introduction and Notes by Marc. A. Cirigliano, New York: Italica Press, 1992, pp. 58–67.

辨认出一个面色可怖的伟岸男子……祂一边流泪一边收拢臂弯抱起这个女人，两人一起升向天空。

这个在今天看来充满弗洛伊德色彩的“爱欲之梦”首次预言了贝阿特丽彩的死亡——“两人一起升向天空”。同样显而易见的是，这个梦充满了暴力色彩，诗人成了爱欲的奴隶——“我是你的主人”。卑贱的爱与可悲的死亡正是卡瓦尔坎蒂式的主题。由于在同一节中，描写这个异象的诗也正是《新生》31 首诗篇中的第一首，因此大概可以说，《新生》的开始，在诗学传统上首先是对“温柔新体派”的一次回顾。

爱神的第二次预言是在第 12 节，其时由于但丁以“屏障女子”作为掩护激起了女子们的非议，贝阿特丽彩拒绝向他问候。但丁当晚在梦中看到了另一个“异象”：

睡梦中，我依稀看见房间里有一位穿着洁白衣裳的年轻人坐在我的身边[1]，从表情来看，祂似

1　许多评注者都指出，“一位穿着洁白衣裳的年轻人”可与《圣经》形成互文关系，这种圣经式写作的意味可理解为：作者在回忆之时，读出了过去爱情经历中的启示意味，即，即使是充满错误和曲折的尘世之爱，也是救赎之路的一个阶段。

乎陷入沉思，望向我躺着的地方；注视我良久后，祂长叹一声，对我如是说：“我的孩子，是时候褪去我们的假象了。”……祂对我如是说：“我就像圆心，圆周上的所有点都与我等距；然而你不是。”……

这个梦境中，爱神悲苦的表情与晦涩的拉丁语再次预言了贝阿特丽彩的死。“我的孩子，是时候褪去我们的假象了”可以理解为：贝阿特丽彩将死，诗人如果再遮蔽自己的真爱，就不再有机会向贝阿特丽彩表达真情。“我就像圆心，圆周上的所有点都与我等距；然而你不是”则可以理解为：位于圆心的爱神能同样地看到与圆心等距离的所有圆周上的点，这意味着祂能同时看到过去、现在和将来，也就意味着能预见贝阿特丽彩的死亡并因此而悲伤。同样应该注意的是，这一梦境是发生在贝阿特丽彩拒绝问候但丁之后，那正是“温柔新体派”诗人一再描写的“爱情得不到回报”时的处境。

在爱神第二次预言和最后的告别之间，是第三个预示贝阿特丽彩之死的“异象”。在第23节中，诗人在重病的第九天，在眩晕中仿佛看到了自己将死，而后，他见到了酷似基督钉十字架，以及《启示录》中末日的场景："……太阳变得昏暗，给星辰染上啜泣的色泽；飞鸟坠地而亡，大地剧烈震颤。"而后，诗人在幻想中看到了死去的贝阿特丽彩。"……我目睹了这位死亡的女郎，女人们正以白色面纱遮盖她的头，她面色安详，仿佛在说：'我看见了安宁之源。'"

爱神的最后一次现身就在第三个预言贝阿特丽彩之死的梦之后，当祂在诗人心中说出"记得为我俘获你的那个日子祝福，因为这是你的义务"之后，诗人就看到贝阿特丽彩在卡瓦尔坎蒂爱慕的、被称为"春姑娘"的乔万娜身后走来。接着，爱神对诗人解释道：

> 走在前头的女郎之所以被称为"春姑娘"，就是在于她今天来临的方式；因为正是我鼓动赋名者称呼她为"春姑娘"的，意味着在贝阿特丽彩于其信徒产生幻想之后现身的那天，这位女郎"最先来临"……

乔万尼是施洗约翰的意大利语，在基督教传统中，施洗约翰是基督的先行者，就这样，爱神在解释"乔万娜"名字含义时，明确了在第23节中已经暗示过的贝阿特丽彩的"基督"特质。在此之后，诗人依稀听到爱神说："任何一位明察秋毫的人都会称贝阿特丽彩为爱神，因为她与我如此相像。"此后，爱神就不再以人的形象出现。

将这一系列有关基督形象的圣经式描写和爱神的退场对比起来，不难看出，但丁在这一过程中展现的，是对普罗旺斯爱情诗的洗练与升华，而爱神退场的实质，正是基督教的"仁爱"（caritas，或信仰之爱）替代"温柔新体派"式尘世爱欲（amor）的过程。[1] 爱神与贝阿特丽彩"如此相像"——因为尘世之爱的本源也来自上帝，但尘世之爱是指向自我的、自私的爱，信仰之爱是向上帝奉献自我的爱。若没有信仰之爱作为基础，个体之死必将成为对"骑士抒情诗"式尘世爱情致命的威胁，"温柔新体派"的诗歌理想也将随之宣告终结。然而对但丁而言，贝阿特丽彩之死却使但丁超越"温柔新体派"成为可能，换言之，出现在《新生》全部篇章中间位置的贝阿特丽彩之死的确切预言恰恰带来了但丁诗歌生命的"新生"。

辛格尔顿曾重新设想过《新生》第 18 节：一群女子在贝阿特丽彩缺席时遇到卡瓦尔坎蒂，她们抛出

1　辛格尔顿指出，《新生》中的爱神代表的正是抒情诗中的"尘世爱情"传统。参见 Charles S. Singleton, "From Love to Caritas" , in *An Essay on the Vita Nuova*, Cambridge: Harvard University Press, 1958, pp. 55–77.

对但丁抛出的问题——“如果你无法承受那位女郎的目光，那你为何爱她呢”。辛格尔顿指出，从卡瓦尔坎蒂一贯的诗歌理想中不难推测出其答案：悲痛与死亡。[1]然而在第 18 节原文中，但丁对这个“卡瓦尔坎蒂”式的难题，回答的却是：

> 女士们，我爱恋的目的曾是为了领受这位可能是你们所提到的女郎的问候，在这一问候中蕴含着作为我所有欲望之目的的至福。但由于她拒绝向我表示问候，我的尊主，即爱神，以祂的恩典，已将我的全部幸福安放在不会使我惶悚不安的东西上。

但丁放弃属己的爱使但丁得以避免卡瓦尔坎蒂式的结局。然而此时，但丁仍未走出“温柔新体派”的局限，因为无论是描述爱神影响下自我的处境，还是赞美心爱的女郎，都是“温柔新体派”常见的主题。由于诗人的爱仍然没有从“个体”中获得解放，忽略自我的处境，将自己的幸福安放在“那赞美赐福女郎

1 Charles S. Singleton, “Vita Nuova”, in *An Essay on the Vita Nuova*, pp. 78–109，相关段落见 p. 99.

的颂词中”仍然无法给诗人带来真正的慰藉。在这种处境中，“没有回报的爱”也像爱人肉身的死亡一样，将给诗人带来奥古斯丁在《忏悔录》第四卷中描述过的失去友人的痛苦，因此，超越“贝阿特丽彩之死”才是《新生》需要解决的关键问题。

在此基础上，便不难理解第25节中有关爱神性质的烦琐论证：

> 在此，或许有想要刨根问底的人对我谈论爱神的方式提出疑问，因为在我笔下，祂好像是一个出于自身的事物，看上去不仅是理智实体，还是有形实体。此言谬矣，因为爱神自身并非作为实体而存在，它是实体中的偶性。

依据圣托马斯在《神学大全》中的解释，“出于自身的事物”便可称为“实体”。在亚里士多德哲学传统中，实体的存在出于其本质，是必然且永恒的；偶性的存在是派生的，偶然且短暂。就“爱”而言，上帝的仁爱是出于自身因而永恒存在的爱，尘世之爱并不具有真正的本源，因而只是一种偶性。贝阿特丽彩在世时，浸淫在“温柔新体派”式爱情中的但丁无法看清爱欲的偶性，因此在他笔下，爱神“好像是一个出于自身的事物”，这个事物虽然像圭尼切利描写的“天使一样的女郎”那样有人的形象，却无法与贝阿特丽彩合一。充满基督救赎意味的“贝阿特丽彩之死”宣告了但丁与“温柔新体诗”理想的诀别，但丁终于认识到旧传统中的爱神是“实体中的偶性”，因而在《新生》接下来的文字里，“爱神”消失了，真正的、出于自身的“爱神”就是上帝的caritas，这种爱的“中介”就是以对上帝的爱为其爱之本源的贝阿特丽彩：“任何一位明察秋毫的人都会称贝阿特丽彩为爱神，因为她与我如此相像。”圭尼切利笔下和上帝争吵的“尘世之爱”在《新生》后半部的语境中达成了和谐，《新生》也正是在此意义上超越了“温柔新体派”。在《新生》最后一首商籁中我们不难看到，但丁的理想女郎如何使诗人的爱得到了卡瓦尔坎蒂式的爱情未能得到的信靠：

超越了地球这广袤的旋转体，
叹息穿透大气，从我心灵始发。
这新生的智慧，是爱神谋划，
哭着完成，引导它朝高处升起。
当它终于抵达了那应许之地……

同样是由理想女子引发的“一声叹息”，在卡瓦尔坎蒂笔下是爱神杀死诗人的利剑，却让《新生》中的诗人在尘世中获得安稳。

2.“数学的宇宙”，“上帝之书”与“上帝的抄写员”

围绕贝阿特丽彩，不难发现《新生》数字迷宫般的结构。仔细辨别全书现实与梦幻交错的叙事，会发现贝阿特丽彩的现身方式有三种：与但丁在真实世界中相遇，出现在但丁梦境中的“异象”，出现在但丁想象中的“异象”。第一个关于贝阿特丽彩的“异象”出现在第3节，3个异象预言了贝阿特丽彩之死，爱神以人的形象出现了3次……特别地，以最后一次预言“贝阿特丽彩之死”的组歌为中心，可以发现全书31首诗歌的三分式结构及相应的三个主题：这首长歌是31首诗歌的第16首，另外两首长歌分别是第11和第21首，以这三首最长的为界限，《新生》中的诗歌呈现为一种几近对称的“10-1-4-1-4-1-10”

结构。[1]前 10 首短诗是由 9 首商籁和 1 首谣曲组成，主题大体写的是爱情对诗人产生的影响；在第一和第三首长歌之间，以第二首长歌为核心，可以看到“12-15/17-20”的对称结构，这一部分诗歌的主题大体是赞美心爱的女郎；第三首长歌之后的 10 首短诗也由 9 首商籁和 1 首未完成的短歌组成，主题是描写贝阿特丽彩死后的情况，诗歌充满了神学意味。按照本文第一部分的分析，前两部分主题都来自“温柔新体派”的传统，而最后一部分则是《新生》对“温柔新体派”的超越。

比“3”这个富含启示意味的数字更明显的是以“3”为平方根的数字“9”。

但丁在 9 岁时初遇贝阿特丽彩，其时“光的层天已经完成了九次循环运行”。在本文第一部分着重分析的三个预言贝阿特丽彩之死的异象中，都突出了“9”的作用：第一个异象出现在诗人与贝阿特丽彩初次邂逅整整 9 周年后的那一天，当天上午 9 时贝阿特丽彩对但丁进行了问候，夜晚但丁就看到了异象；第二个异象发生在当天 9 时；第三个异象发生在但丁

1 全书诗歌的划分在学者中有所争议，但学者们大致都认同 31 篇诗歌的对称性结构。

重病的9天之后。按叙利亚人的算法，贝阿特丽彩之死发生在那一年第9个月的第9日……最重要的，《新生》的题目与“9”也有不解之缘，因为拉丁语中，“9”的序数词“nova”与“新的”具有相同的形式，加上贝阿特丽彩名字中本身含有的“福音”含义，则不难读出《新生》中数字“9”的救赎意味。

斯马尔分析了贝阿特丽彩在《新生》中的9次现身。他指出，这9次现身呈现出一种对称式结构：与但丁初遇的贝阿特丽彩（第2节）身着红袍，第九次（第39节）但丁在想象中看到“她身着初次出现在我眼前时的火红衣裳，仿佛仍然保持着那时的娇小年龄”，后者显然是前者的再现；第二次（第3节）和第八次（第24节），贝阿特丽彩均在其他女子陪伴下出现，两次现身都给但丁带来快乐；第三次（第3节）和第七次（第23节），贝阿特丽彩均在想象或梦境中出现，其中，爱神均化身为悲伤流泪的人的形象；第四次（第5节）和第六次（第14节）分别发生在充满公共生活意味的教堂和婚礼中，在两次相遇中，都有其他女子占据着但丁和贝阿特丽彩中间的位置，但丁也因被误解为爱上其他女子而遭受争议；而第五次相遇中（第10节），贝阿特丽彩收回了对但丁爱的恩惠，但丁在痛苦中期待日后这恩惠的重临。这种对称的结构（获得所爱—失去所爱—爱的回归）意味着，但丁从早年写作中就有了在个人生平中撰写“救赎历史”的想法。[1]

“救赎历史”也投射到了诗人眼中的神学宇宙中，在全书第 29 节中，诗人在解释“9”的寓意及其与贝阿特丽彩的联系时，就企图将上帝创造的宇宙秩序容纳其中：[2]

---

1 Janet Levarie Smarr, “Celestial Patterns and Symmetries in the ‘Vita Nuova’”, in *Dante Studies, with the Annual Report of the Dante Society*, 1980, No. 98 (1980), The Johns Hopkins University Press, pp. 145–150.

2 从“上帝之书”角度可以理解《新生》的“神学政治”维度。但丁眼中与贝阿特丽彩的爱情，并非仅仅是一个私密事件，而是与但丁的城市——佛罗伦萨的命运息息相关。在第 28 节中，但丁引用了《旧约 · 耶利米哀歌》书写贝阿特丽彩死后的悲哀：“先前满有人民的城，现在何竟独坐！先前在列国中为大的，现在竟如寡妇！”在此，但丁将失去贝阿特丽彩的城市比作失去上帝庇佑而亡国的耶路撒冷。在第 40 节，但丁将失去贝阿特丽彩的哀伤投射到了朝圣队伍中，使得失去贝阿特丽彩的佛罗伦萨世界笼罩了一层《旧约 · 耶利米哀歌》式的悲伤：“呜呼，朝圣者凝重地赶路……当你们穿过 / 这座浸透了悲恸的城镇半途，/ 正如那幢幢人影却魂灵枯疏，/ 难道不懂得它的凄惨落魄？”诺克斯因而指出，《新生》不仅是一部记述但丁早年爱情经历的“爱情诗集”，更是想通过《新生》的创作吸引一批作为“新公民”的读者，这些读者有着共同的信仰，共同的品位，因而最终能够达成一致的政治共识。Susan Noakes, “Hermeneutics, Politics, and Civic Ideology in the Vita Nuova: Thoughts Preliminary to an Interpretation”, in *Texas Studies in Literature and Language*, SPRING 1990, Vol. 32, No. 1, University of Texas Press, pp. 40–59.

这一数字与她如此契合的原因之一或许是：根据托勒密的学说和基督教的真理，运行的天共有九重；而按照占星学家的通常观点，这九重天根据它们彼此间的关系会对地球施加影响。这一数字与她之间的契合表明，在她诞生的时候，运行着的全部九重天，就其对地球的影响而言，正处于相互间的完美关系之中。但这只是其中一个原因。若进一步深究，并援引“绝对正确的真理”，我们会发现，这一数字在类比的意义上与她同符合契。数字三是九的根，无须其他数字，三的平方即可产生九，因为三乘以三显然等于九。所以，三是九的根，而神迹的根正是三，即圣父、圣子、圣灵的三位一体。因此，这位女郎与数字九形影相伴意味着她就是九，亦即一个神迹，其唯一的根，亦即神迹的根，乃是神圣的三位一体。或许比我更具慧眼的人士能抉隐索微，洞察更深刻的缘由，但以上便是我的发现，并且这个发现让我感到无比欣喜。

按照霍兰德的分析，《新生》中贝阿特丽彩在现身、梦境和想象中的九次现身分别对应着但丁笔下托勒密式宇宙的九重天：第一次相遇是但丁“新生”的开始，正如“月球天”标志着地球和天国的界限；第二次，贝阿特丽彩出现在两位女子之中，向但丁问候致意，致意意味着交流，这正是“水星天”的含义；第三次出现在但丁梦中，身披红巾、裸身酣睡的贝阿特丽彩出现在化身为人的爱神怀中，充满爱欲色彩的梦境不难让读者联想到象征爱的“金星天”；第四次发生在教堂里，贝阿特丽彩坐在圣歌“荣耀女王”唱响的地方，但丁隔着一位作为“屏障”的女子与她遥遥相望，教堂意味着基督的圣地，而“太阳天”在诸行星天中常常被比喻为基督；但丁与贝阿特丽彩的第五次相遇充满挫败感，由于贝阿特丽彩听到了关于但丁的流言蜚语，她拒绝向但丁问候，这种失败与象征流血与灾难的“火星天”遥相呼应；第六次但丁与贝阿特丽彩在婚礼中相遇，婚礼意味着公共生活，与象征正义，即社会秩序的“木星天”相对应；第七次异象充满了死亡意味，但丁在九天九夜病痛的煎熬中感到了死亡的威胁，他也在想象中看到了贝阿特丽彩的葬礼，在幻想中，诗人还看到爱神从贝阿特丽彩那里走来，对他说“记得为我俘获你的那个日子祝福”，与死亡和责任的负重感对应的，正是象征延迟和苦行的“土星天”；贝阿特丽彩第八次现身时，她正从被称为“春姑娘”的女孩身后走来，万物复苏的春天隐含着一年中群星运动的开始，这正是“恒星天”的意象；最后一次异象发生后，但丁开始回忆和贝阿特丽彩相识后的点点滴滴，而回归本源、联结诸天与天国花园的正是“原动天”的意味……[1]

在诗人眼中，个体的人和“数学的宇宙”都是上帝的造物，个人的经历和宇宙的秩序都揭示着上帝的意图，正如保罗在《罗马书》中所言：

> 神的事情，人所能知道的，原显明在人心里。因为神已经给他们显明。自从造天地以来，神的永能和神性是明明可知的，虽是眼不能见，但借着所造之物，就可以晓得，叫人无可推诿。

神的事情借造物得以彰显——这一观念在中世纪经过奥古斯丁、圣维克多的休（Hugh of St. Victor）、圣波纳文图拉（St. Bonaventura）等教父演变成了“上帝之书”的思想，正如休所言：

1 Robert Hollander, "'Vita Nuova': Dante's Perceptions of Beatrice", in *Dante Studies, with the Annual Report of the Dante Society*, 1974, No. 92(1974), The Johns Hopkins University Press, pp. 1–18.

> 这整个可见的世界是一本书，上帝的手指书写了它，神圣的力量创造了它，每一个造物个体并非是由人的意志设计的形象，而是由神圣的权威建构的，这样好显示上帝不可见之事的智慧。但正如一些无知的人看一本打开的书时，只看到形象，却不认得字母；那愚蠢和凭肉身而生之人，看不见上帝之事，只在这些可见的造物外看到表象，却不在它们之中理解那缘由。但那有灵性、能判断万物的，在思考上帝的作品那外在的美时，也向内领悟了造物主的智慧是怎样地神奇。[1]

在文字世界中，“上帝之书”就是《圣经》。《旧约》与《新约》记载着人类从堕落到得救的历史，《新生》的数字和诸多细节中都隐藏着这些故事的框架。[2]

霍乐维指出，《新生》全书的章节数 42 所影射的，是《民数记》33 篇列出的以色列人从出埃及到

1 *Eruditionis didascalicae liber septimus*, PL. 176, 814.

2 《新生》中无数细节都隐藏着《圣经》的片段。仅本版翻译而言，注释中列举的就不在少数，在此仅指出和“42”息息相关的一例。

抵达迦南过程中的42站。[1]《新生》书写的个人经历因而隐含着“以色列人出埃及”故事的框架。霍乐维还根据《新生》每一节的内容，找出了其与《民数记》文本的对应关系。虽然这种烦琐的细节对比不无牵强之处，且我们今天看到的《新生》也并非所有版本都呈现为42节，但《新生》与《圣经》故事之间的对应却是显而易见的。[2]

---

1 “33”也有特别的意义，基督被钉十字架时是33岁，在《标准注释》（*Glossa Ordinaria*）中，从圣哲罗姆到贝德都讨论了“33”的意义。但丁的《神曲》中也对这个数字加以运用:《神曲》中的每个诗行都包含11个音节，每三个诗行构成一个三韵句，因此每个三韵句包含33个音节；除去作为《神曲》序曲的第一篇,《地狱篇》《炼狱篇》《天国篇》都是33歌。

2 按照霍乐维的分析，以色列人出埃及时，上帝曾告诉以色列人从埃及借得黄金并将其带至旷野。在摩西上西奈山时，以色列人将黄金铸成了金牛犊，将其当作偶像加以崇拜，还围绕金牛犊赤身跳舞。他们因此违背了《十诫》，犯了崇拜偶像和淫欲之罪，以色列人因此受到严厉惩罚。后来，同一批黄金被用来装饰供奉律法书的神龛，用以告诫人们不可崇拜偶像。在这一过程中，黄金本身并无两样，但对黄金的使用却可以分为正当和不义。在《新约》中，保罗在雅典传教时遇到善辩的希腊人，为了说服深受斯多亚主义和伊壁鸠鲁主义思想影响的雅典人（《使徒行传》17:28），保罗在亚略巴古向希腊人传道时曾借用希腊诗人的话论证神的存在。到教父时期,《圣经》中的这两个片段被教父们加以运用，他们借此指出，异教的因素可以为基督教所用。霍乐维的观点可以用来分析《新生》中对“温柔新体派”传统运用的合理性:“‘温柔新体派’中的‘理想女郎’对于但丁，就像埃及的黄金对于以色列人，也像异教文化对于保罗:贝阿特丽彩既是金牛犊也是约柜的神龛，她出于爱欲色彩浓重的世俗诗歌传统，却最终成了神学的仁爱的承载者。”参见: Julia Bolton Holloway, “The‘Vita Nuova’: Paradigms of Pilgrimage” , in *Dante Studies, with the Annual Report of the Dante Society* , 1985, No. 103(1985), The Johns Hopkins University Press, pp. 103–124.

3，9，31，42……可见，《新生》中的所有数字都体现着“上帝用数字创世”[1]的思想，因而《新生》也是作为“上帝抄写员”的但丁记述的一本“宇宙之书”。

据此，我们再来分析一下《新生》的叙事手法，诗人在开篇便向读者挑明，这是一部“回忆之书”。

诗人书写的是自己的回忆——在全书中，这一点也多次得到了强调。诗人以回溯的角度，通过回忆拣取有意义的细节——这些彰显着上帝意图的事件可能发生于现实，也可能发生于梦幻与想象。在诗人经历这些事件的时刻，这些事件都像诗人的诗歌一般零散而孤立，但从终末的角度，却可以将有意义的事件连缀在一起。诗人从一系列琐碎的事件中窥探到救赎历史的框架、瞥见“神的事情”，这便是诗人的“自我阅读”。[2]在阅读过程中，诗人动用理性，对自己写过的每一首诗歌进行结构解析（诸如“这首诗分为三部

1　参见《智慧书》（11:20）。

2　因此，在《新生》描写的一系列具有浓厚世俗爱情色彩的片段中，我们也能看到对《圣经》文本的影射，例如围绕爱神的三次现身，充满了带有《福音书》意味的文字。

分，第一部分……第二部分……”)[1]，这样模仿中世纪《圣经》注解的做法就是诗人的“自我注释”。在现代读者看来，这些可有可无的解析是《新生》写作的枯燥之处，但在诗人但丁眼中，这却意味着一种“自我提醒”：解读“上帝之书”不仅需要简单地感知，也需要用理性加以判断和解释。以上，便是《新生》的叙事在现代人眼中如此怪诞的原因。

* * *

但丁在清末民初进入中国人的视野，20 世纪 20 年代，诗人王独清就将《新生》翻译为现代文；后来，钱鸿嘉先生和沈默先生都曾经翻译过《新生》。此译本是从英文转译而来，两位年轻译者同为中国人民大学文学院的博士研究生，他们都受过严谨的文学研究训练，因此在传达文本的情感及意义方面表现出了较强的驾驭能力。特别难能可贵的是，由于有较为扎实的思想史基础，他们能够不止于翻译字面，而且能切

1 从《新生》情节叙事来看，这种段落显得很多余。然而按照辛格尔顿的解释，这正是凸显诗人“理性”理解之处，参见 Charles S. Singleton, “The Book of Memory”, in *An Essay on the Vita Nuova*, pp. 25–54.

入作品的思想史背景，做出了较为详细和深入的注释。希望他们能在学术之路上继续努力，也期待他们的译本得到更多人文专业学者的批评与指点。

朱振宇

2020 年 8 月于杭州

新　生[*]

一

在我回忆录中，那之前的内容不值一读的部分，有一处标题，上面写着：新的生命开始了[1]。我在标题下发现了不少篇章，打算辑录在这本小书中；即便不能涵盖所有内容，也至少保留其要旨。

二

当心目中的荣耀女郎第一次映入我眼帘之际，光的层

---

* “新生”原文为“Vita Nuova”。值得注意的是，在意大利语中，“nuova”除了指“新的”以外，还包含“惊喜的”（surprising）、“意外的”（unexpected）、“奇异的”（strange）、“新奇的”（novel）、“神奇的”（marvelous）等义项。

1　原文为拉丁文“Incipit vita nova”。

天[1]已经完成了九次循环运行[2]，快要返回到原点。许多人称这位女郎为贝阿特丽彩（Beatrice[3]），却不知其

1 “光的层天”，即“太阳天”。《圣经》中记载上帝创造太阳和月亮两个光体：“于是，神造了两个大光，大的管昼，小的管夜。”（《旧约·创世记》1:16。本书中的《圣经》中文引文皆参照“和合本”，拉丁文参照“武加大”译本。）但丁其他著作中亦有类似表述：“我们现在要考察的论题是如何区分两个伟大的光体，即罗马教皇与罗马帝王。”（Dante, *Monarchia*, III, 5. 参见：[意] 但丁：《论世界帝国》，朱虹译，北京：商务印书馆，1986 年，第 57 页。本书注释引文皆参照相应中译本，个别译文根据注释讨论需要略有改动，除第一次引用给出详细出版信息外，其余只标出作者、书名和页码，其他著作的引用亦遵循这一标注方式。）“首先，他们说，根据《创世记》的记载，上帝创造了两个光体，一大一小，一个掌管白昼，一个掌管黑夜。他们说这就好比两种权力，一种是教会的权力，一种是现世的权力。”（Dante, *Monarchia*, III, iv, 2. 参见：但丁《论世界帝国》中译本第 62 页）“我对于光之车在我们和北方之间运转惊诧不置。”（Dante, *Purgatorio*, IV, 59. 参见：[意] 但丁：《神曲·炼狱篇》，田德望译，北京：人民文学出版社，2016 年，第 27 页）“世界之灯从不同的出口升起，为人类照明。”（Dante, *Paradiso*, I, 37–38. 参见：但丁《神曲·天国篇》中译本第 1 页）根据托勒密（Ptolemy）的宇宙体系，地球是宇宙的中心，有九重天围绕它旋转，从内至外依次是“月球天”“水星天”“金星天”“太阳天”“火星天”“木星天”“土星天”“恒星天”“原动天”，其中，“太阳天”围绕地球旋转一周需要一年时间。九重天外则是永恒静止的“净火天”，即但丁笔下的天国所在地。

2 但丁在《神曲》中也以类似方式表达时间的流转：“由于他年纪幼小，这些层天围绕他才只运转了九年，人们尚未注意到他。”（Dante, *Paradiso*, XVII, 80–81. 参见：但丁《神曲·天国篇》中译本第 110 页）纵观《新生》全书，可以发现数字 9 频频出现。根据托勒密的宇宙体系和基督教的“三位一体”学说，这个数字蕴含着神学意义，作者在第 29 节对此做了详细解释。

3 “Beatrice”意为“赐福圣女”，在汉语中有若干译名，本书译为“贝阿特丽彩”。

义。她已在尘世度过了足够恒星天向东位移十二分之一度所需要的时间。[1]因此，她出现在我面前时快要进入九岁，我看到她时则快要度完九岁。女郎身着色彩最高贵的服饰，那是一件柔美端庄的红袍，系配着腰带和饰物，样式与她娇嫩的年龄相得益彰。[2]坦诚地说，刹那间，我心房最深处的生命之灵[3]便开始剧烈地颤抖，连身体中最细微的脉管都在不可思议地战栗，它如是说："看哪，一位比我更加强大的神正在来临并将主宰我！"[4]这时，寓居在高尚头脑中的作为所有感觉之灵[5]汇聚点的灵魂充满惊愕，向视觉之灵[6]直言："如今你的至福已经垂临！"[7]旋即，位于

1　按照古代天文学的观点，"恒星天"自西向东移动一度需要一个世纪，因此，"位移十二分之一度"意味着度过了近 8 年 4 个月的时间。

2　在《神曲》中，但丁见到贝阿特丽彩时对后者的描绘与此相互呼应："戴着橄榄叶花冠，蒙着白面纱，披着绿斗篷，里面穿着烈火般的红色的长袍。"（Dante, *Purgatorio*, XXX, 31–33. 参见：《神曲·炼狱篇》中译本第 332 页）红色象征的正是作为基督教三美德（信望爱）之一的爱。

3　"生命之灵"，位于心脏，负责维持生命。

4　原文为拉丁文："Ecce deus fortior me, qui veniens dominabitur michi."

5　"感觉之灵"，原文为"spiriti sensitivi"，指灵魂在各种感官中的功能。

6　"视觉之灵"，灵魂的视觉功能。但丁在《飨宴》中描述了视觉功能的运作原理：外界物体的形式通过"透明介质"抵达瞳孔，继而忠实地在瞳孔上显形，同时视觉之灵从瞳孔复制物体形式并传递至作为感觉能力所在地的大脑前部，我们由此能够看见物体。（Dante, *Convivio*, III, ix）

7　原文为拉丁文："Apparuit iam beatitudo vestra." 参见："等候所盼望的福，并等候至大的神和我们救主耶稣基督的荣耀显现。"（《新约·提多书》2:13）

消化器官中的自然之灵[1]含泪哀叹："悲夫，从此我将永无宁日！"[2]可以说，正是从那一刻开始，爱神掌管了我的灵魂，我的灵魂立刻委身于祂。借助我的想象给予的力量，祂以如此巨大的威信和威权将我玩弄于股掌之间，我只能唯命是从，满足祂所有的心血来潮。祂不时命令我去看望这位最娇嫩的天使。在童年岁月里，我时常寻找她，发现她如此高贵典雅，如此值得赞美钦慕，以至于诗人荷马的诗句可作为她的完美诠释："她不像凡人的女儿，更像神的女儿。"[3]尽管她萦绕在我心头的形象是爱神支配我的保证，但她拥有如此高贵的德行，以至于我绝不会在没有理性的忠实建议的情况下臣服于爱神，听取这些建议无论何时都大有裨益。由于沉湎于年少时的激情和行为的文字

---

1 "自然之灵"，即营养灵魂，负责身体的营养供应。

2 原文为拉丁文："Heu miser, quia frequenter impeditus ero deinceps."

3 荷马的诗句原是在赞美特洛伊王子赫克托尔："他是人中的神，不像凡人的儿子。"（Homer, *Iliad*, XXIV, 258–259. 参见：[古希腊]荷马：《伊利亚特》，罗念生、王焕生译，上海：上海人民出版社，2012 年，第 1261 页）亚里士多德亦引用过这句话。（Aristotle, *Nicomachean Ethics*, 1145a22–23. 参见：[古希腊]亚里士多德：《尼各马可伦理学》，廖申白译注，北京：商务印书馆，2003 年，第 191 页）但丁借此赞美贝阿特丽彩这位女性形象，因此略有改动。在《飨宴》中，但丁也有对贝阿特丽彩的类似赞美。此外，考虑到《新生》中多次将贝阿特丽彩与基督进行对应，这句话也可联系《圣经》中对耶稣的称颂："这人真是神的儿子！"（《新约·马可福音》15:39）

显得异想天开，因此，我打算将它们搁置一旁，并略去那本回忆录中许多可成为本书内容来源的文字，转而讲述在更重要的主题下所写的回忆。

三

光阴似箭，岁月如流，距离方才讲述的这位端丽冠绝的女郎的初次露面已经过去了整整九周年，而正是在这些时日的最后一天，这位神迹般的女郎再次现身。她身着一件洁白衣裳，走在两位比她年长的高贵女士中间。[1]我窘迫不安地站在街边，她在路过时面带如今在永世[2]已获福报的、不可言喻的谦恭向我问候致意。彼时彼刻，我仿佛看到了全部的至福。她

1　身着洁白衣裳的贝阿特丽彩走在两位女士中间的场景，可能暗指《圣经》记载的耶稣登山变容时以利亚和摩西显现的场景。参见："过了六天，耶稣带着彼得、雅各和雅各的兄弟约翰暗暗地上了高山，就在他们面前变了形象，脸面明亮如日头，衣裳洁白如光。忽然，有摩西、以利亚向他们显现，同耶稣说话。"（《新约・马太福音》17:1–3）《新约・马可福音》和《新约・路加福音》中也有类似表述。值得注意的是，在《新约・路加福音》中，耶稣变容时，摩西和以利亚谈论的是耶稣即将来临的死亡（"他们在荣光里显现，谈论耶稣去世的事，就是他在耶路撒冷将要成的事。"[《新约・路加福音》9:28–31]），而但丁在这次邂逅后所梦见的异象亦预示了贝阿特丽彩的死亡。

2　这里原文为"grande secolo"，直译为"伟大世纪"，暗指贝阿特丽彩已经进入永生的天国，这里译为"永世"。

对我的温柔问候正好发生在那天的九时。由于这是她的话音第一次飘入我的耳蜗，我如酩酊大醉般沉浸在狂喜之中[1]，旋即离开人群，回到房间独自思量这位端丽冠绝的女郎。在对她的想念中，我迷迷糊糊地睡着了，梦中显现一个神奇的异象[2]：我仿佛看见房间里有一片火红的云，从中能辨认出一个面色可怖的伟岸男

---

1 参见："论到那些先知，我心在我里面忧伤，我骨头都发颤。因耶和华和他的圣言，我像醉酒的人，像被酒所胜的人。"（《旧约·耶利米书》23:9）

2 贝阿特丽彩在《新生》中的出现大多发生在非现实场景，但丁一般以"visione""fantasia""imaginazione""sonno"等词语进行描述。其中，"visione"出现 7 次，"fantasia"出现 8 次，"imaginazione"则有 17 处之多。有学者指出，但丁对这些词的区分使用是有意为之的。辛格尔顿（Charles S. Singleton）认为《新生》中只有四次异象，除去未作描写的末节异象外，它们与书中出现的其他想象、幻想的区别在于：首先，从异象中可以看见未来，其他则不行；其次，数字九只出现在异象中；最后，三次异象均预示着贝阿特丽彩之死。参见：Charles S. Singleton, The Death of Beatrice, in *An Essay on the Vita Nuova*, Cambridge: Harvard University Press, 1949, pp. 14–15. 霍兰德（Robert Hollander）则认为，《新生》中贝阿特丽彩的出现方式有三种，即现实中出现、梦中异象中出现、幻想（或想象）中出现，并且但丁分别使用了不同的动词来描述：出现在现实场景中一般使用"出现"（apparire）或"看见"（vedere），出现在非现实场景则常用"仿佛"（parere）、"仿佛看见"（parea vedere）。参见：Robert Hollander, "'Vita Nuova': Dante's Perceptions of Beatrice", in *Dante Studies, with the Annual Report of the Dante Society*, 1974, No. 92(1974), The Johns Hopkins University Press, pp. 1–18. 为了呈现出但丁的用词区分，本书统一将"visione"译为"异象"，"fantasia"译为"幻想"，"imaginazione"（以及它的动词形式）译为"想象"。

子[1]，祂似乎充满喜悦之情；那男子开口说话，所言甚多，我听得云里雾里，一知半解，其中一句是“我是你的主人”[2]。我还看见祂的臂膀中抱着一位酣睡的裸身女子，只盖着一件红色披巾；仔细一看，认出她便是那天屈尊向我问候的女郎。祂手中似乎还拿着一团熊熊燃烧的东西，对我说：“看，你的心！”[3]没过多久，他唤醒睡梦中的女郎，并迫使她吃下手中那团燃烧物[4]；她顺从地照做了。片刻后，这个男人的喜悦之情变为最痛苦的悲泣。祂一边流泪一边收拢臂弯抱起

---

1 参见《圣经》中的异象：“耶和华的使者从荆棘里火焰中向摩西显现。摩西观看，不料，荆棘被火烧着，却没有烧毁。”（《旧约·出埃及记》3:2）“我观看，见狂风从北方刮来，随着有一朵包括闪烁火的大云，周围有光辉，从其中的火内发出好像火耀的精金；又从其中显出四个活物的形象来。”（《旧约·以西结书》1:4–5）“我又看见另有一位大力的天使从天降下，披着云彩，头上有虹，脸面像日头，两脚像火柱。”（《旧约·启示录》10:1）

2 原文为拉丁文：“Ego dominus tuus.”参见：“我是耶和华你的神，曾将你从埃及地为奴之家领出来。”（《旧约·出埃及记》20:2）

3 原文为拉丁文：“Vide cor tuum.”

4 参见：“人子啊，要听我对你所说的话，不要悖逆像那悖逆之家，你要开口吃我所赐给你的。我观看，见有一只手向我伸出来，手中有一书卷。他将书卷在我面前展开，内外都写着字，其上所写的有哀号、叹息、悲痛的话。”（《旧约·以西结书》2:8–10）“他对我说：‘人子啊，要吃你所得的，要吃这书卷，好去对以色列家讲说。’于是我开口，他就使我吃这书卷。又对我说：‘人子啊，要吃我所赐给你的这书卷，充满你的肚腹。’我就吃了，口中觉得其甜如蜜。”（《旧约·以西结书》3:1–3）

这个女人，两人一起升向天空。[1]那一刻，昏沉的睡眠已无法承受心中的痛苦；梦碎了，我醒来。一番思忖后，我发现异象发生在夜晚的第四时；这即是说，它发生在夜晚最后九小时的第一时。在对自己的所见思来想去之后，我决定倾诉给那个时代颇负盛名的诗人们。由于近来我正好对吟诗作赋的技艺[2]颇有钻研，因此决定创作一首商籁[3]，并寄给所有爱神的信徒，请求他们帮我解释异象。我会向他们描写梦中所见。于

---

1 这个异象第一次预示了贝阿特丽彩的死亡。

2 “吟诗作赋的技艺”，指用俗语作诗的技艺。

3 “商籁”，原文为“sonetto”，在汉语中一般翻译为“十四行诗”或“商籁”，源自普罗旺斯语“sonet”，起初泛指中世纪流行于民间，用歌唱和乐器伴奏的短小诗歌，意大利中世纪“西西里诗派”（Sicilian school）诗人雅科波·达·兰蒂诺（Jacopo da Lentin）是第一个采用这种形式并赋予其格律的作家。虽然《新生》中的大部分“sonetto”为十四行，但第7节的“sonetto”以及第8节第二首“sonetto”共有二十行，前者的押韵形式为aab、aab、aab、aab、cddc、dccd，后者的押韵形式为aab、bba、aab、bba、cddc、cddc。这说明在但丁的时代，“sonetto”的诗体形式尚未完全固定为后来为人熟知的十四行体，直到到了彼特拉克（Francesco Petrarca）手里才臻于完善，形成abba、abba、cdc、dcd或abba、abba、cdc、ede的押韵形式。正因此，本书取“商籁”而非“十四行诗”作为“sonetto”的译名。值得注意的是，尽管《新生》中的大部分诗歌是商籁（全部31首诗歌中，商籁占25首），但在后来的《论俗语》中，但丁认为，相比组歌和谣曲，商籁是最低级的诗体。（Dante, *De vulgari eloquentia*, II, iii）但丁本打算在《论俗语》第四卷中讨论商籁，但最终付之阙如。他对商籁评价不高的原因可能在于它的形制过于简单，并且在13世纪已经成为表达各种类型主题的流行诗体，而在但丁看来，高贵的诗体必须表达高贵的主题，使用“光辉的俗语”。

是，我开始写作这首商籁，开头是“**致每个被俘的**”。

致每个被俘的灵魂与温柔的心，
向你们投寄，我构思的言辞，
期盼的答复也将抵达它的地址，
我问候你们，以爱神的署名。
已近三分之一，这暗夜的行进，
全部星座闪耀着光辉的天时，
此刻突然显现，是爱神的风姿，
祂的本质惊骇了我回忆的心神。
这看似让我欢愉：爱神手中
掌控着我的心，在祂臂弯里
我的女郎睡着，娇躯裹紧丝绒。
然后被爱神唤醒，强迫着喂食
我燃烧的心，她吃得顺从又惊恐。
随后爱神离去，而我见祂泪眼汹涌。[1]

这首诗分为两个部分：在第一部分中我致以问候并请求回答。第二部分从“**已近三分之一**”开始，交代了需要回答的是什么。

1　这首诗写于1283年春天（彼时但丁18岁）。

回信纷至沓来，他们各抒己见[1]；其中一个是我的挚友[2]，他以一首商籁回复，首句是“**在我看来，你窥见了全部意义**”。[3]事实上，当他知道寄去诗作的人是我时，我们之间的友谊便开始了。我所描述的梦境的真义在那时仍然无人知晓，但如今即便对最普通的人都显而易见。[4]

四

经历这次异象之后，我的自然之灵变得功能紊乱，因为我的灵魂完全陷入了对那位端丽冠绝的女郎的朝思暮想之中。没过多久，我变得如此虚弱萎

---

1 例如，同时代另一位名叫但丁（Dante da Maiano）的医生写了回信，他根据中世纪的体液学说，认为但丁之所以看到如此异象是因为体液有恙，需要洗个冷水澡并对肠胃进行排泄，使紊乱的体液恢复平衡。

2 这位“挚友”就是“温柔新体派”代表人物圭多·卡瓦尔坎蒂（Guido Cavalcanti），他大约出生于1250到1255年，1300年去世。卡瓦尔坎蒂创作了大量以爱情为主题的诗歌，对但丁早年的诗歌创作影响深远，《新生》便是题献给他的。

3 在但丁的时代，按照对方诗作的原韵写诗回寄成为一种风气（类似于中国古代文人士大夫之间的和韵诗），卡瓦尔坎蒂便是以此方式作诗回复但丁。

4 参见：“这些事门徒起先不明白，等到耶稣得了荣耀以后，才想起这话是指着他写的，并且众人果然向他这样行了。”（《新约·约翰福音》12:16）

靡，以至于许多好友为我的样子忧心忡忡；另一些人则满怀恶意的猎奇心，费尽心机地想知道有关我的事情，尤其想要知道我向所有人隐瞒的秘密究竟是什么。我意识到了他们探问的恶意，于是凭借那位以理性的建议命令我的爱神的意志回答他们，正是爱神征服了我。之所以说是爱神，是因为他在我的容貌上留下这么多无法隐藏的征象。但是当人们问："你为了谁而被爱神如此折磨呢？"我只是望着他们，笑而不语。

五

一天，这位端丽冠绝的女郎坐在了"荣耀女王"[1]赞歌唱响的地方，我则在能看见我的至福的位置。在她和我的视线中间坐着一位美丽动人的温婉女士，她频繁地瞥向我，似乎是对我的痴看感到困惑。许多人开始注意她对我所在的方向的瞥视，我密切留意着他们。离开此地时，我听见身边有人说："看那位女士简直把这个男人迷得神魂颠倒。"当她的名字被说出时，我意识到他们议论的是我看向端丽冠绝的贝阿特丽彩

1 "荣耀女王"，指圣母玛利亚。

的视线中间的那位女士。因此，我确信自己的痴看行为并没有泄露秘密，如释重负。这时我突然灵机一动，想到可以将那位女士作为掩盖真相的屏障。我在短时间内表演得情真意切，没多久，那些对我议论纷纷的人都自以为窥见了我的秘密。幸亏有这位女士，我得以将自己的秘密隐藏若干年月；并且，为了加深人们的错觉，我还创作了几首小诗献给她，除非是那些醉翁之意不在酒、意在端丽冠绝的贝阿特丽彩的诗作，否则便不做摘录。因此，除了那些显然是在赞美她的诗，我将略去其他。

六

话说在那位女士作为屏障掩护我如此强烈的单相思期间，我内心悸动地想要写下端丽冠绝女郎的芳名，以及许多其他女人特别是这位温婉女士的名字。在万能上帝将赐福女郎贝阿特丽彩安放于其中的这座城市[1]中，我择取了六十个秀雅绝俗的女郎的名字，并以书信体的形式创作了一首讽喻诗[2]，在此就不摘录

1　虽然但丁并未交代这座城市的名字，但显然指的就是他的故乡佛罗伦萨。

2　“讽喻诗”，原文为“serventese”，源自“servus”（指爱人对女主人的服从）一词，是普罗旺斯的讽喻诗或道德诗，本书译为“讽喻诗”。

了。事实上，如果不是在创作过程中发生了一件神奇之事，我是不会提到这首诗的。这件奇事便是：赐福女郎的芳名正好出现在这些名字中的第九个，仿佛它拒绝出现在其他数字之下。[1]

七

让我借以长期掩护自己真正感情的那位女士不得

1　参见："有六十王后，八十妃嫔，并有无数的童女。我的鸽子，我的完全人，只有这一个，是她母亲独生的，是生养她者所宝爱的。众女子见了就称她有福；王后妃嫔见了也赞美她。"（《旧约·雅歌》6:8–9）在《飨宴》中，但丁借所罗门（Solomon）之口将全部科学比喻为 60 位王后，神学则是高于这 60 位王后的"鸽子"和"完全人"，因为它能让我们看见完美的真理，使我们的心灵得享安宁（Dante, *Convivio*, II, xiv）。曼多内（Pierre Mandonnet）据此认为，《新生》中的 60 个女郎对应着《飨宴》中的 60 位王后，象征着全部科学；而贝阿特丽彩则对应着"鸽子"，象征着统领全部科学的神学。吉尔松则针锋相对地指出，即便接受曼多内对《飨宴》中 60 位王后的神学寓意解读，也不能将"贝阿特丽彩 /60 个女郎"与"神学 /60 种科学"进行对应，理由有二：其一，《新生》中贝阿特丽彩的名字是 60 个女郎名字中的其中一个，而《飨宴》中的"鸽子"则是居于 60 位王后之上，其总数实为 61，因此二者之间没有可比性；其二，在《飨宴》中，正如"鸽子"盘旋在 60 位王后之上，神学统领或代表全部 60 种科学，而《新生》中的贝阿特丽彩的名字只是占据 60 个女郎名字中的第 9 位并拒绝其他任何数字，因此她只是其中一员，且与其他女郎互不相干，无法代表她们。关于曼多内的观点以及吉尔松的反驳，参见：Etienne Gilson, *Dante et la philosophie*, Paris: Librairie Philosophique J. Vrin, 1953, pp. 18–23.

不离开此城，前往一个遥远的城镇；由于理想的屏障弃我而去，我不知所措，比预想之中更加严重地感到极度的沮丧。我意识到，如果我不哀叹她的离去，人们会很快看穿我的秘密，便决定在一首商籁中如泣如诉地表达悲伤之情。我将之摘录在此，因为赐福女郎正是诗中某些语句流诸笔端的直接缘起，默契的读者定能心领神会。于是我挥笔写下这首商籁，开头是**“噢你们跋涉着穿过爱神的幽径”**。

噢你们跋涉着穿过爱神的幽径，
请暂停脚步，并凝眸看清
自己悲伤的分量，比我的，更沉？
我苦难的声音，祈祷你们倾听，
随后在头脑中判定
是否每一克折磨，都在我心里开锁登门？
爱神，并非因我渺小的善而移动，
是源自祂自己高贵的血统；
驱使人们在我背后频频发出疑问，
因我曾被祂赋予甜蜜又温柔的生命：
“主啊，何等尊贵的律令，
让如此至美降临在这男子的心？”

但此刻，我却丧失了我的胆气，
爱情的宝藏曾是它酝酿的源头，
我身陷贫乏的危楼，
让受困的心说不出一个丰盈的词。
因此我情愿伪装成这些小丑，
将贫乏遮掩，出于羞愧的心理；
表面上是作乐的大师，
而挣扎和呜咽却时时猛击我心头。

这首商籁主要分为两个部分：在第一部分，我意在化用先知耶利米之言呼唤爱神的信徒——“你们一切过路的人哪，这事你们不介意吗？你们要观看，有像这临到我的痛苦没有”[1]，并请求他们屈身倾听我；在第二部分，我诉说着爱神使我陷入的境况，其意涵与诗的开头和结尾有所不同，并且谈到了我的失落。第二部分的开头是“**爱神，并非因我**”。

1 《旧约·耶利米哀歌》1:12。

八

这位温婉女士离开后，天使之主[1]将一位绝美的年轻温柔女郎召回到祂的荣耀之中。这位女郎因其风姿绰约而名满全城；我望着她那失去灵魂的遗体，躺在众多哀恸欲绝的女士中间。随后，由于想起自己曾经多次看到她陪伴我的赐福女郎，泪水便情不自禁地涌出双眸；我决定对她的离世做些表示，以感激她曾经时常与赐福女郎相伴。敏锐的读者可以清晰地发现，我在书写她的诗歌结尾处暗示了这一点。于是，我创作了两首商籁，第一首的开头是“**哭吧，爱人们**”，第二首以“**残忍的死神**”起始。

哭吧，爱人们，既然爱神也哭泣，
当得知了诱使祂流泪的因缘。
爱神听见怜悯女郎们在呼唤，
苦味的悲伤噙在她们的眼睛里，
因为残忍的死神，将毁灭的技艺

1 “天使之主”，指上帝。在《神曲》中，但丁也用类似表述称呼上帝：“感谢，感谢天使们的太阳吧，他恩典你，把你提升到这物质的太阳上了。”（Dante, *Paradiso*, X, 52–54. 参见：《神曲 · 天国篇》中译本第 68 页）

无情地拨弄这温柔的心弦，
被摧毁的，曾倾尽人间的艳羡：
温柔的女郎，空留下贞洁的遗体。

听见了爱神洒下何等的敬意，
当我目睹祂以凡人的方式哀吟，
并贴近这已然消殒的诱人芳容；
随后频频地仰起头，望向天空，
那温柔的魂灵已经在此处安身：
亡故的女郎，曾摇曳过欢愉的身姿。

这首商籁分为三个部分：在第一部分，我呼唤着爱神的信徒，恳求她们哭泣，并提到她们的主人自己也哀泣，指出在得知爱神因何哭泣后，她们将更加愿意倾听我；第二部分陈说理由，以“**当得知了**”为开头；第三部分则谈到上帝恩赐这位少女的特殊荣耀，首句为“**听见了爱神**”。

残忍的死神，这怜悯的仇人，
这悲痛古老的母亲，
你刻薄的审判，竟不可违逆。
于是心中滋生了痛楚的物质，

因此我浸入冥思，
诅咒，朝向你，以不倦的舌根。
如果我想逼迫你求乞恩典，
就口吐讽刺的语言，
对你的错误，你犯下的全部过失，
并非要从人群中揭开你的行迹，
而是为了激起这些悲戚，
它们从前被哺育在爱神的手边。

这尘世已被你罢黜了礼仪，
还从这女郎身上摘掉璀璨的美德：
正喧嚣着妙龄的欢乐，
就被你摧毁了多情的优雅身姿。
你们不必追问这女郎身份的谜底，
仅透过她的品德，就能让答案清澈。
如果谁，拯救并不值得，
就永远别再幻想，她会来陪伴你。

这首商籁分为四个部分：在第一部分，我以若干恰当的名称呼死神；第二部分说明我为何诅咒它；第三部分痛斥死神；在第四部分，我描述了一位虽未予说明但心有所指的女士。第二部分的开头是“**于是心**

中”；第三部分的首句为“**如果我想**”；第四部分从“**如果谁**”开始。

九

这位女士离世未久，我因故必须离开此城，朝掩护过我的那位温婉女士的逗留地的方向出发，不过目的地未及她的逗留地那么遥远。尽管是与其他人结伴同行，但我感到仿佛在踽踽独行。由于与我的至福渐行渐远，这旅行使我平添多少雨恨云愁，悲叹亦难遣心中苦闷。于是，以端丽冠绝的女郎的伟力统治我的那位温柔的尊主[1]，在我的想象中化为一位衣衫褴褛的朝圣者形象。祂看上去黯然神伤，长久地凝视大地，只间或将目光转向一条奔腾在我旅行路旁的如练澄江。爱神向我召唤发声："我从长期掩护你的那位女士的住地过来，她不久便归。但是，我将收回你对她的爱恋之心，将它带向另一位女士，这位女士正如前一位女士那样将成为你的新屏障。"祂吐露了她的芳名，那是我熟悉的一位女士。"但是，如果你要复述我告诉你的这些话，不要暴露出你曾对第一位女士

1 "温柔的尊主"，指爱神。

表达的且如今必须转向另一位女士的爱慕实为虚情假意。”言讫，祂的音容相貌从想象中烟消云散，因为爱神已占据了我生命中如此重大的分量；祂在我容貌上变幻，那一整天，我骑在马背上沉思默想，喟然叹息。翌日，我开始创作一首商籁，以“**马蹄声**”起兴，将此前悉数写尽。

马蹄声颠簸在几天前的旅途，
沉思着，这次困扰我的出行，
就在半路遇见了爱神的踪影，
褴褛，身穿朝圣者的衣服。
从祂的神情里我读出不满足，
仿佛执政者潸然丧失了权柄；
边叹息边凝思着，祂移动，
也不看赶路人，兀自低垂头颅。

当看到了我，就呼唤我的名字，
并说：“我来自遥远的国境，
你的心在那里为我的意愿服务；[1]

1 在第 2 节，但丁讲述自己初见贝阿特丽彩时就被爱神主宰；在第 3 节，爱神对但丁说：“我是你的主人。”

如今将它带回，侍奉新的欢愉。”
此刻祂占据了我广袤的生命，
便消失了，而我好似未曾感知。

这首商籁分三个部分：在第一部分，我谈到如何与爱神相遇以及祂的容貌；第二部分叙述祂对我说的话，但因为担心泄露自己的秘密，故而有所保留；第三部分描写祂如何从我眼前消失。第二部分的首句是“**当看到了我**”；第三部分的开头为“**此刻祂占据了**”。

十

归来以后，我找寻着爱神在我伤心之旅途中吐露芳名的那位女郎，为求简略，我只想说，我在短时间内就让她如此彻底地成为我的屏障，乃至于许多人开始是非不分地说长论短；众口铄金，积毁销骨，这常使我忧心茕茕。并且正因此，满城的流言蜚语使我成为人们口中的浪荡轻浮之徒。当激浊扬清的端丽冠绝的女郎沿一条路走来时，她竟拒绝向我表达那能滋养我全部幸福的甜美问候。现在，且容我稍稍离开这一话题，细说她的问候给我带来的神奇效果。

十一

我想告诉你们，无论她何时何地出现，在对她那神奇问候的祈盼中，我不会将任何人当作我的仇敌；相反，仁爱的火焰在心中点燃，使我可以原谅任何冒犯之徒；并且，如果有人在那一刻向我询问任何事情，我只会和颜悦色地回答：“爱神。”当她准备向我问候时，爱神的魂灵在消灭所有其他感觉之灵后将脆弱的视觉之灵驱散，向它们说，“去向你们的女主人致敬”，然后爱神便取代它们的位置。如果有人想要认识爱神，他只需看看我那爱意盈盈的双眸便心领神会。当这位端丽冠绝的女郎向我致以问候[1]时，爱神非但没有减弱我那无法承受的至福，反而拥有满溢的温柔。祂变得如此强大，乃至于我那完全受祂统治的

---

1 “致以问候”原文为“salute salutava”。但丁在《帝制论》（又译《论世界帝国》）中论证世界和平作为人类发展理智能力的必要条件时援引了基督的问候语，与这里贝阿特丽彩的问候遥相呼应：“因此人类救世主的问候语是‘愿你们平安’；因为至高的救世主表达至高的问候，是十分恰当的。”（Dante, *Monarchia*, I, iv, 4. 参见：《论世界帝国》中译本第 6 页，译文有改动）从这里可以看出，贝阿特丽彩的问候对但丁的意义堪比基督的问候对人类的意义。值得注意的是，在拉丁语中，“salus”不仅指“问候”，还包含“救赎”（salvation）、“健康”（health）、“平安”（safety）等义项。

身体像一件僵死的重物。行文至此，不言而喻的是，她的问候能给我带来至福，这至福总是超出我承受的范围。

十二

言归正题，当这一至福首次拒绝垂临我时，我悲痛欲绝，离开人群来到一处幽僻之地，以最苦涩的泪水澄洗大地。在得到些许释放后，我回到房间，在这里，我可以放声悲恸，不用担心被人听见。我在房中祈求那位谦恭女郎的怜悯："爱神，请救救你的信徒。"随后，我睡着了，像一个因挨打而哭泣的孩子。睡梦中，我依稀看见房间里有一位穿着洁白衣裳的年轻人坐在我的身边[1]，从表情来看，祂似乎陷入沉思，望向我躺着的地方；注视我良久后，祂长叹一声，对我如是说："我的孩子，是时候褪去我们的假象了。"[2]这时，

---

1 "一位穿着洁白衣裳的年轻人"出现在房间里的场景与《圣经》形成互文关系："忽然地大震动，因为有主的使者从天上下来，把石头滚开，坐在上面。他的样貌如同闪电，衣服洁白如雪。"（《马太福音》28:2–3）"她们进了坟墓，看见一个少年人坐在右边，穿着白袍，就甚惊恐。"（《新约·马可福音》16:5）

2 原文为拉丁文："Fili mi, tempus est ut pretermictantur simulacra nostra." 这里可将"simulacra"（假象、拟像、摹本）理解为但丁为了［转下页注］

我认出了祂，因为曾经，祂无数次在我的睡梦中以如此方式叫唤我。我端视着祂，发觉祂正在虔诚地流泪并似乎等待我向祂开口说话。[1]于是，我鼓起勇气开始向祂发声："高贵的尊主，您为何哭泣？"祂对我如是说："我就像圆心，圆周上的所有点都与我等距；然而你不是。"[2]我思忖着祂的话，感到困惑不解，于是

［接上页注］掩饰对贝阿特丽彩的"真情实意"而对屏障女郎们所产生的"虚情假意"。由于爱神预见到贝阿特丽彩即将来临的死亡，因此希望但丁抛弃过去对女郎们的"虚情假意"，以及为她们所写的"礼貌性文字"，宣告一种新的爱以及与这种爱相匹配的诗歌。另参见："耶和华兴起使地大震动的时候，人就进入石洞，进入土穴，躲避耶和华的惊吓和他威严的荣光。到那日，人必将为拜而造的金偶像、银偶像抛给田鼠和蝙蝠。"（《旧约·以赛亚书》2:19–20）

1 辛格尔顿认为，爱神的哭泣是由于预见了贝阿特丽彩的死亡，肖（J. E. Shaw）则认为爱神指的就是诗人对贝阿特丽彩的爱，祂之所以哭泣是因为祂分享了诗人的悲伤之情。

2 原文为拉丁文："Ego tanquam centrum circuli, cui simili modo se habent circumferentie partes; tu autem non sic."关于这句话的含义众说纷纭。一种观点认为，圆心代表爱和内在的真理，爱神指出但丁所在的点到圆心的距离与半径不等，言下之意是但丁偏离了正确的位置，因此其言辞和行动并不符合爱和内在的真理，是不完满的。另一种观点认为，圆心代表了爱神的全知视角，圆周上所有点与圆心等距意味着爱神能同时看到过去、现在和将来，因此，在这里，爱神向但丁隐晦地表明自己已经看见了贝阿特丽彩的死亡，而这也回答了但丁此前关于爱神为何哭泣的提问：爱神正是为贝阿特丽彩即将来临的死亡而哭泣。《神曲》中亦有借助几何学知识来描写上帝全知视角的诗句："啊，我亲爱的根源哪，你的睿智已经那样高深，以致你在观照一切时间对它来说都是现在的那一点中，预见一切尚未成为事实的偶然事件，如同凡人的心智知道一个三角形不能包含两个钝角一样。"（Dante, *Paradiso*, XVII, 13–18. 参见：《神曲·天国篇》中译本第 109 页）

再次鼓起勇气问道："尊主啊，为何您的话如此晦涩难解？"这一次祂用俗语[1]说："不要过问超出对你有益的事情。"[2]于是我开始和祂谈论她拒绝向我表达问候的事情，当我向祂询问原因时，祂如是回答："我们的贝阿特丽彩从某些人那里听闻你对我在那次伤心之旅中吐露姓名的女士的情意，这对她[3]造成了伤害；疾恶如仇的端丽冠绝的女郎害怕你可能会伤害到她，便拒绝向你表达问候。由于她的确很早就已经或多或少地知悉你的秘密，因此我希望你创作一首诗，在诗中你要描述我通过她向你施加的巨大威力，讲明你从小就倾心于她。并且，考虑到这一点，还要呼唤知情的见证者，并说你正在祈求他为你做证；而我作为那个见证者，会乐意向她解释，由此，她将会理解你的真情实意，并且在知道这些情况后，她会对那些流言蜚语明辨是非。让你的语言变得婉转含蓄，这样就不会直接向她说话，否则有失妥当。另外，除非有我的陪伴，否则千万不要将这些话透露到她能听到的任何地方，还要给它们谱上悦耳的音乐，我将在必要

1 "俗语"指意大利语。

2 参见："我凭着所赐我的恩，对你们各人说：不要看自己过于所当看的……"（《新约·罗马书》12:3）

3 "她"指第二位屏障女郎。

时化身在这音乐中。”言讫，祂消失了，梦境随之消散。事后，我左思右想，发现这个异象出现在这一天中的第九时。离开房间之前，我决定按照尊主给我的指示创作一首谣曲[1]，于是，以“**谣曲啊**”起兴，笔落诗成。

谣曲啊，我想要你重觅爱神
随祂一同抵达前面的女郎
我深深的歉意就在这路上，
我的主人才能投递，因为我已失宠被黜。
快啊，谣曲。移动你精致的双脚
依靠它们，你知道该如何舞蹈
才能将聪明的舞步，舞进人的内心去劝说。

---

1 “谣曲”，原文为“ballata”，词根为拉丁文“ballare”（跳舞），最初指的是伴舞的歌曲，本书译作“谣曲”。在《论俗语》中，但丁认为组歌是最优秀的诗体，谣曲其次，商籁最低。而谣曲次于组歌的原因之一在于前者需要舞蹈才能实现自身，后者则独立成体。（Dante, *De vulgari eloquentia*, II, iii）谣曲的韵律形式诞生于13世纪中叶，其基本的分节结构与组歌非常类似，但有一个重要区别：谣曲的开头是一段“叠歌”（ripresa/ritornello），并在后面的诗节中重复咏唱。叠歌的行数决定了谣曲的命名：如五行及以上的名为“stravagante”，四行的名为“grande”，三行的名为“mezzana”，两行的名为“minore”，一行的名为“piccola”，以一个比十一音节诗句还要短小的诗句作为叠歌的名为“minima”。每段诗节的最后一行或若干行诗句中包含一个与叠歌呼应的韵脚。

但依靠爱神的相帮，无论遭遇
什么样的阻力，什么样的逆境
你都能一并突破。我制造了混乱之景
在我女郎的生命里，我害怕
因此，你可能会受到冰冷的欢迎
以及孤独。但依靠爱神的指教和相帮
这里会有希望，它的位置没有被全然错放。

带去你能谱出的最甜蜜乐章，
带去爱神伴奏的轰响，
恳求我女郎的怜悯；让她知晓
我是这世上最悲伤的生命力；
带去你醉人的演唱
去诉说，我的哀恸与爱欲如何将我击倒。
爱神，祂伴随着你，将如此宣誓。
你去到那里，要么解释，要么
为我申诉。另一个美女仅是一个计策；
我深心之像是她的形影，从未擦除。
告诉她，全部的心魂都已贡献
献给她最勤劳的服务，
他是你的，从最初至永远，从未迷路。
如若她怀疑，你的声线并不真实，

或者表现出何种情形的焦急，
告诉她，去问爱神，是否我已遵守
祂每一个爱的指令，而且我已祈求
原谅，为了带给她的烦扰。如若她能派信使
递来只言片语，我将会兴奋地终止
我的生命——有了它，我将丢失所有味蕾。

告诉爱神，这通往心锁全开的钥匙，
告诉祂，踏上归途之前，
或许会知晓，怎样的规劝与分辩
在她身上，将妆扮出最时尚的合宜。
你的音符轻跳着，编织出
一段沉迷，或至少创造出祂想要的心绪。
她会因此听从爱神，甚至留意
祂建议的言语。或许她将嫣然一笑。
而你，我美丽的谣曲啊，你，在这一秒，
将走上前去，推开门，被世界拥抱。

这首谣曲分为三个部分：在第一部分，我交代它去往何处，鼓励它更加自信，从而确保它万无一失，并且告诉它如果要径情直遂地出发，需要谁的陪伴；在第二部分，我指出它应该传达什么信息；在第三部分，我给予它随时离开的自由，将它的行程托付给命运女神的护佑。第二部分的开头是“**带去你能谱出的最甜蜜乐章**”；第三部分的首句为“**而你，我美丽的谣曲啊**”。

可能有人会反驳，认为无人能够理解我用第二人称是在向谁说话，因为这谣曲不是向别人说话，而纯粹是我的自言自语。我想说的是，关于这个疑问，我将在这本小书的另一个更加难解的章节中加以解释和讨论。到那时，现在表示怀疑和提出上述反对意见的人便会茅塞顿开。

十三

这次异象发生后，我写下了爱神指示我要说的话。之后，各种各样的想法侵扰和引诱着我，我对此无法抗拒。这些想法中有四个尤其搅得我心神不宁。第一个想法是：爱神的统治是善好的，因为祂让信徒的心灵远离一切邪恶之事。第二个想法是：爱神的统治不是善好的，因为信徒对祂愈加虔信，就经受着愈加沉重痛苦的折磨。第三个想法是：爱神的名字听上去如此温柔，乃至于对我来说它所带来的结果似乎不可能不温柔，因为常言道，名字是它们所命名的事物的结果，正如书中所载，“名称是事物的结果”[1]。第四个想法是：爱神借以使你饱受相思之苦的那位女郎与其他女人不同，她的心扉不会轻易为之所动。每一个想法都如此强烈地向我袭来，我感到自己就像一个彷徨的迷路人，想要上路却不知路在何方。我思忖着寻找一条所有想法融会贯通的中和之道，但这条道路，即吁求怜悯女神，投入她的怀抱，于我完全格格不入。我沉浸在此心境中，书写诗篇的欲望蠢蠢欲动，于是挥笔写下一首商籁，开头是“**所有思路朝我言说着**”。

所有思路朝我言说着，皆出自爱神。
如此巨大的差异分隔着它们彼此，
一种让我欢迎爱神的所有权力，
另一种，将祂视作荒谬的化身，
再一种为我带来愉悦，满怀希望，
还有一种，则常常惹我哀伤哭泣。

1 原文为拉丁文：“Nomina sunt consequentia rerum.”这句话代表了中世纪经院哲学的一种观点（与之针锋相对的另一种观点则认为“Res sunt consequential nominum”，即“事物是名称的结果”），但丁用这句话来说明爱神的“名副其实”。我们同样可借此来理解贝阿特丽彩的名字（第2节）以及后文提到的“春姑娘”的名字（第34节）。

唯有对怜悯的热望中，才达成协议，
当它们抖颤，那恐惧揪紧我的心脏。

我不知道，从哪条路开始我的主题，
我试图言说，但这又有什么好说？
因此，我真是徘徊在爱神的迷宫！
如果我想将这四种嗓音完美和声，
就要呼喊出我的仇敌，无奈受迫，
那便是怜悯女郎，加入我的防御里。

这首商籁可分为四个部分：在第一部分，我坦陈自己的所有想法都关乎爱神；第二部分指出它们各不相同，并细陈其差别；第三部分说明它们似乎都有共通之处；在第四部分，我想谈论爱神，但不知从何说起，并且如果想要同时抓住所有这些想法，我将不得不吁求我的敌人，即我的怜悯女郎——我是以非常轻蔑的语气使用“女郎”这个词的。第二部分的开头是**“如此巨大的差异”**；第三部分从**“唯有对怜悯的热望中”**起始；第四部分的首句为**“我不知道”**。

十四

相互冲突的念头激烈交锋后的一天，我在一个温婉女士云集的地方看到了端丽冠绝的女郎的身影。一位朋友认为如果我去美女如云之地定会喜上眉梢，便带我至此。我并不确定他为何要带我来，出于对这位分明是要将我带入死亡边缘的朋友的信任，我问他：“我们为何要来到这些女人中间？”他答道：“为了替她们效劳。”原来，她们云集在此，是为了陪同一位当天出嫁的女士；因为按照城中习俗，新娘首次在新郎家用餐时，她们应该陪同。于是，为了满足朋友的心意，我决定留下来与他一起照顾这些女士。心意已定后没多久，我感到左胸袭来一阵奇怪的战栗，并随即扩展至全身各处。然后，我故作镇定，倚靠在沿着房间墙壁展开的一幅壁画上。由于害怕人们发现我在颤抖，我便抬眼张望这些女士，竟看到端丽冠绝的贝阿特丽彩就在她们中间。随即，爱神发现自己与端丽冠绝的女郎近在咫尺，我的感觉之灵都被祂持有的威力侵扰殆尽，除视觉之灵外无一幸免；甚至视觉之灵也被驱赶，因为爱神想要霸占那最高贵的部位[1]，以便欣赏这位翩若惊鸿的神迹般的女郎。尽管我已面目全非，但对这些视觉之灵还是感到非常抱歉，它们激烈地抱怨道："若不是祂像一道闪电一样把我们赶下位，我们本可以留下来，像所有我们的同类那样一睹这位女郎的绰约风姿。"许多在场的女士都察觉到我神色大变，她们感到诧异，开始议论纷纷，并和端丽冠绝的女郎一同嘲笑我。我那位弄巧成拙的朋友拉着我的手，带我远离这些女士的视线，询问我究竟发生了什么。随后，我感到精力有所恢复，因为寂灭的感觉之灵恢复了生机，同时，被赶走的视觉重回其位，于是我向朋友如是说："我方才踩在了生命的边界上，任何人跨过去必将有去无回。"离开他后，我回到那个流泪的房间；我倍感羞愧地啜泣，自言自语道："倘若这位女郎知道了我的处境，我不相信她会嘲弄我，相反她会怜悯我。"我在泪眼蒙眬中想要向她写诗解释自己神色大变的原因，并表示自己清楚地意识到无人知道个中缘由，因为我相信，人们如果知道，将会产生怜悯之情。我决定付诸笔端，以期我的话能幸运地抵达她的耳蜗。于是，我创作了这首商籁，开头是**"你**

1 "最高贵的部位"，指眼睛。

加入其他女郎”。

你加入其他女郎嘲笑我的队列里
亲爱的，你不去想，是何缘由
我的身体突然如此笨拙、荒谬
当我站着，凝眸于你可爱的形式。
你能否只用仁慈之眼观看我的灵魂，
然后你的也将溶解，摆脱成见的轻蔑；
因为爱神，当祂看着我朝你靠近，
便拿出了残忍、冒失的别样信心。

我所有的恐惧之心，皆被利剑加身。
先将这个谋杀，再将那个驱赶，
直到祂对你的凝视成为唯一的目光；
虽然祂如此诡变，然而我心恒常——
在我自己的灵魂里，我仍然听得见
它们疼痛的哀悼：我的一切流离之心。

对于这首诗，我将不做分层剖析，因为这样剖析只是为了揭示分层诗句的含义；而前文已经将写作缘由交代得足够透彻，因此无须划分。诚然，在提及这首商籁写作缘由的诗句中出现了几处晦涩难解的表述，例如，我说爱神扼杀了所有感觉之灵，唯有视觉之灵幸免于难，尽管已被逐出它们的器官。但是，那些并不是如我这般的爱神信徒的人将决然不能理解其中深意；而对那些同为爱神信徒的人来说，这些难解的诗义便不言而喻了。因此，我无须阐明这些难点，因为我的解释要么徒劳无益，要么画蛇添足。

十五

经历这次奇异的神色大变之后，一个强烈的想法开始困扰我。它萦绕心头，挥之不去，如是对我说："既然只要你一接近这位女郎就如此荒唐失态，为何又想方设法与她相会？现在假设她向你提出此问，且你的所有官能都能无拘无束地回应她，你将如何作答呢？"对此，另一个想法谦虚地答道："如果我没有丧失智慧，并且能够无拘无束地作答，我会告诉她，每当她那窈窕娉婷的神迹般的形象涌上心头，与她相见的欲望便让我无法抗拒。这个欲望如此强烈，乃至于扼杀和摧毁了回忆中本来能够克制它的所有力量。这就是为何纵使肝肠寸断、哀毁骨立，我仍渴望着与她相会。"有感于这种想法，我决定付诸笔端，针对第一个想法提出的指控为自己辩护，并且描写自己接近她时发生的变化。于是，我写出这首商籁，开头是“**那让我克制的**”。

那让我克制的，正从意念中消亡，
当我驻足于你的形象，我心的极乐。
一旦我接近你，爱神便将警钟敲响。
“快跑，跑上死亡的逆路。”祂说。
惨白的脸色暴露了我正衰竭的心脏，
衰竭，在滋长，它渴求着支持。
然而当我颤抖，在这迷醉的牢房，
石头们却高喊：“死吧，去死。”

僵硬的面孔注视着我的绝境，
这些灵魂罪孽，不来给我以治愈，
最轻的痛楚也折磨着我的心脏。
因你的嘲讽而死，这怜悯之名，
我惨白的脸上一浮现它的形迹，
渴求的双眼，便生出死之欲望。

这首商籁分为两部分：在第一部分，我解释为何自己不愿放弃与这位女郎相会的欲望；第二部分从“**一旦我接近你**”开始，讲述自己接近她时发生的变化。第二部分可再细分为五个主题各异的小节：第一节讲述当我靠近女郎时，爱神根据理性的建议对我的忠告。第二节通过描写面容来表露心境。第三节谈到我所有的信靠。第四节指出那些不怜悯我的人实为犯罪，这种怜悯可以给我慰藉。最后一节说明为什么其他人应当心怀怜悯[1]，因为我的眼中充满值得怜悯的目光；只是这值得怜悯的目光也徒劳无用，一切皆因这位女郎的嘲讽，她误导那些本可能留意这一目光的其他女郎像她那样对我冷嘲热讽。第二节的开头是“**惨白的脸色**”，第三节始自“**然而当我颤抖**”，第四节的首句为“**僵硬的面孔**”，第五节则从“**因你的嘲讽而死**”开始。

十六

完成此诗后不久，吟写更多诗歌的欲望在心中油然而生，我想在这些诗中提及与我心境有关的另外四件未曾表露的情况。其一，当记忆无数次激发我的幻想，使我想象爱神在我身上引发的变容时，我是多么

1 但丁在《飨宴》中将“怜悯”视为“自然赋予的良好倾向”，它体现了人性的“高贵”。（Dante, *Convivio*, IV, xix）

痛苦不堪。其二，爱神无数次如此让人措手不及地迅猛袭来，我心如死灰，只愿吟唱这位女郎。其三，当爱神在我身上席卷起这场战斗时，即便面色苍白，形容枯槁，我也会去瞻视这位女郎，因为我相信她的目光会保护我在这场战斗中全身而退，却忘记每当我接近这位温柔女郎时自己变得如何惨不忍睹。其四，她的目光非但未能保护我，反而最终扼杀了我残存的微弱生命。因此，我以“**多少次了**”开头，吟唱出这首商籁。

多少次了，闯入我的思绪，
这爱神赐予我的漆黑的困境，
怜悯到来，经常让我说出：
“可曾有人与我感受相同？”
如此暴虐，突然，爱神入侵
我的生命就只剩下放弃自己，
假如不是因最后的拯救之心，
允许我活着，为了将你谈起。

渴望拯救自己，我积攒起勇气
面颊苍白憔悴，卸下一切防备，
我来到你面前，祈盼被治疗。

然而，如若我抬起眼凝眸于你，
一场地震立即肇始于我心之内，
将性命驱逐，终止脉搏的泵跳。

根据所叙述的四种情形，这首商籁分为四个部分。由于前文已有交代，在此仅指出各个部分的起始句：第二部分的开头是“**如此暴虐**”，第三部分从“**渴望拯救自己**”起始，第四部分的首句为“**然而，如若我抬起眼凝眸于你**”。

十七

我完成了这三首致女郎的商籁，几乎倾诉了我的所有境况。关于自己，所谈已甚多，所以，我认为就此应该对这一主题[1]缄口封笔，哪怕付出再也不会为她写诗的代价。我感到必须寻找一个新的主题[2]，一个比之前更加崇高的主题。由于新主题的缘起是一个喜闻乐见的故事，因此我决定把它讲述出来，并且尽可能简略。

1 “这一主题”，即描写诗人被爱神支配时的身心情状。

2 “新的主题”，即对贝阿特丽彩的赞美，参见第18节：“从今以后将对这位端丽冠绝的女郎的赞美作为诗歌的唯一主题。”

十八

我的神色使众人知道了我内心的秘密。一天，一群女士愉快地偕行相伴，她们曾在或此或彼的场合目睹过我的昏厥惨状，对我的心意也了如指掌。我仿佛是受到命运的指引，恰好在她们附近走过，忽然，其中一位温婉女士叫住我。这位叫唤我的女士谈吐优雅。当我赶到她们跟前，发现端丽冠绝的女郎并没有和她们在一起，于是信心满满地向她们问候致意，并询问有什么可以为她们效劳。在场的女士人数众多：有的在一起欢笑；有的在望着我，似乎在等待我说话；还有人在相互交谈。其中一位将目光转向我，叫了我的名字，说："如果你无法承受那位女郎的目光，那你为何爱她呢？告诉我们吧，如此爱情，其缘由必定新奇。"言讫，不唯她，其他所有女士都表现出等待的样子[1]，切盼我的回应。我答道："女士们，我爱恋的目的曾是为了领受这位可能是你们所提到的女郎的

1 "表现出等待的样子"，原文是"attendere in vista"。但丁在《神曲》中也使用了类似的表述："我看见那些灵魂中间有一个表现出期待的样子。"（Dante, *Purgatorio*, XIII, 101–102. 参见：《神曲·炼狱篇》中译本第121页）

问候，在这一问候中蕴含着作为我所有欲望之目的的至福。但由于她拒绝向我表示问候，我的尊主，即爱神，以祂的恩典，已将我的全部至福安放在不会使我惶悚不安的东西上。”她们听后开始相互议论，正如有时可以看到飘洒的雨水中夹杂着美丽的雪花，我听见她们说出的话音中也夹带着声声叹息。[1]她们相互交谈片刻后，那位最早叫唤我名字的女士再次跟我说话，她问：“请你告诉我们，如今你的至福究竟安放在哪里？”我答道：“就在那赞美赐福女郎的颂词中。”她接着说：“如果你所言不虚，那你在为她而作的诗中对自己境况的描写想必是别有用意了。”听到她的话后，我羞愧得无地自容，旋即离开这些女士，并自言自语道：“既然在对赐福女郎的颂词中喷涌出如此丰饶的幸福，那我为何要书写自己的境况呢？”于是我下定决心，从今以后将对这位端丽冠绝的女郎的赞美作为诗歌的唯一主题。但思忖再三后，我感到这一主题对自己来说太过高远，乃至于辍翰停毫，几日以来欲言又止，欲说还休。

1　这是《新生》中唯一一个完整充分的比喻：在形式上，“sì come… così…”（正如……也……）是标准的比喻句式；在内容上，喻体能够生动贴切地形容本体。写作《神曲》的时候，这种以自然界物象比喻人物场景的手法被但丁发挥得炉火纯青。

十九

后来，当我沿着一条淙淙碧溪的岸边漫步时，创作诗歌的强烈欲望忽然涌上心头，我便开始构思如何雕花刻叶、裁云剪水。我认为如要涉笔成雅地赞颂我的女郎，非得在诗中面向其他女士开口不可。但并不是面向所有女士，只择取秀雅绝俗的女郎，而非那些凡俗之辈。随后，我的口舌仿佛是不由自主地吟诵成诗，**“女郎们，拥有着爱的智慧”**。我志得意满地将这句诗蕴藏在心中，想以此作为诗歌的起兴。后来，我回到城中，经过几日陶钧文思，便以此句为首，运笔创作了一首组歌[1]，其分层排列如下所示。

---

1 “组歌”，原文为“canzone”，源自普罗旺斯语“canso”（情诗）、古法语的“chanson”（歌谣）和日耳曼的情歌（minnesong），词根为拉丁文“canare”（歌唱）。经西西里诗派、圭托内·阿雷佐（Guittone d’Arezzo）以及“温柔新体派”的继承发扬，“canzone”在13世纪成为处理爱情题材的重要诗体。由于“canzone”一般由若干歌节组合而成，故本书将其译为“组歌”。在《论俗语》中，但丁认为组歌“无疑是最优秀的”和“最高贵的诗歌形式”，它使用的是“光辉的俗语”，处理的是与“安宁”“爱情”“美德”这三个最高贵的事物相关的主题，即“战争中的英勇”“爱情中的热诚”“意志的导向”。歌节一般由几种高贵的诗行（十一音节诗、七音节诗和五音节诗）组成并且分为两个部分，即“前歌”与“后歌”。其中，前歌通常分成两个韵律相同的“步”，后歌也分成两个“节”。此外，六音节诗是歌节的唯一例外形式，并且某些组歌以一个［转下页注］

女郎们，拥有着爱的智慧[1]，
我期望与你们谈谈我的女郎，
不愿她在我的叙述里乏味冗长，
但谈话，或许真能舒缓心神。
因为当我想到她的无限珍贵，
一种爱如此甜腻，震颤我心房，

[接上页注]“尾歌”结束。这个尾歌通常与后歌（或后歌的一部分）韵律相同，诗人借其向诗歌发言，指引它应该去往哪里，向谁诉说，应该说些什么。（但丁对组歌和歌节的详论，参见：Dante, *De vulgari eloquentia*, II, iii-xiv）

1　但丁在《论俗语》曾两次以此诗为例讨论相关论题，第一次是为了界定组歌：“因此我说，就其卓越性所要求的（这也是我们所追求的）来看，组歌乃是以悲剧风格写成的诸同等歌节组成的关联体，它没有叠歌，集中在一个单独的主题上，正如我在写‘女郎们，拥有着爱的智慧’时所呈现的。”（Dante, *De vulgari eloquentia*, II, viii, 8）第二次是为了说明十一音节诗的高贵：“当我们试图以悲剧风格作诗时，在它们之中，十一音节因其特别适合于这种创作，必定赢得最高地位，有些完全以十一音节形式创作的歌节令人心旷神怡，正如佛罗伦萨的圭多的那首诗‘一个女郎问我，于是我想讲述’，或者如我自己写的：‘女郎们，拥有着爱的智慧。’”（Dante, *De vulgari eloquentia*, II, xii, 3）《神曲》也提到了这首诗：“‘告诉我，我在这里是否见到了那位以“女郎们，拥有着爱的智慧”这首诗开始，创作出新体诗的人。’我对他说：‘我是这样的一个人，当爱神给予我灵感时，我就记下来，并且依照他口授给我心中的方式写出来。’”（Dante, *Purgatorio*, XXIV, 49–54. 参见：《神曲·炼狱篇》中译本第254页）值得注意的是，在但丁挚友卡瓦尔坎蒂看来，如果一个人被爱的激情支配，那他就失去了理解事物的智慧。但丁在这首诗中则表达了与挚友截然相反的观点：“爱”与“智慧”之间非但不会冲突，反而密切相关。

如若此时，勇气也尚未消亡，
我的话语会让你们皆成恋爱之身。
我不愿选择一种崇高的语音，
唯恐它，毁坏歌声，翻转初衷，
但我会对你们讲述她的典雅姿容，
充满瑕疵，相比起这无价之身。
诸位敏感于爱神的女郎和少女，
别人的耳蜗，配不上这番言语。

一位天使的祷告抵达上帝的心神，
说道：“我的主啊，可见尘世里
一个活生生的奇迹，她诞生自
一抹灵魂，光彩照耀，直达天堂。”
天堂，还尚未最终完美，只因
她的缺席。要她，天使乞求上帝，
诸圣者也在乞求，这恩准和赐予。
怜悯之神未动，在为造物着想，
祂替上帝回答，谈及我的女郎：
“我选中的诸位，先平静地忍耐；
让你们的愿望居留，我也必愉快，
但失去她，一个男子会恐惧绝望，

堕入地狱中，他必会向恶灵赌咒：
‘我注视这愿望，诸位天堂的福胄。’”[1]

我的女郎被至高的天堂所渴望，
因此，我理应讲述她力量的形式：
任何女郎，如果渴慕温柔的心智
就该与她结伴而行。当她漫步着，
爱神会对卑鄙的心蒙上致命寒霜，
封冻并毁灭他们所有的病魔之思，
任何人胆敢继续对她凝眸注视，
要么变得高贵，要么必堕死所。
假如真有种凝视，让她感到值得，
她的力量便会抵达；稀薄的问候
便能披满这中选之人，赐予拯救。
使他谦卑，直到抛掉所有过错。
她的如此美德，当然是上帝的恩惠：
无论谁与她讲话，皆沁入无虞至美。

1 这里出现了后来成为《神曲》第一部篇名的“地狱”一词。有研究者认为，这段歌节的最后两句是对《神曲》写作的预示。

爱神称颂:“为何俗世肉身,生于
泥土,能够如此纯洁,如此美丽?”
祂又看了一眼,并对自己暗暗宣誓
是上帝借这形体谋划着尘世的新生。
她的肤色皎白如珍珠,匹配这美女
足够光彩照人,又刚好纷缊合宜;
她是造物之手能成就的最高形式,
照此标准,世上诸美为自己命名。
她的秋波顾盼,无论朝何处移动,
爱神的魂灵都熊熊燃烧如烈焰,
刺穿所有不禁凝眸注视者的眼,
并且蔓延,直抵每颗深邃的心宫。
她的脸庞浮现爱神栩栩的影像,
无人敢将目光在此放置得太久长。

组歌啊,我知道你要离去,交谈
与许多女郎,这出自我的吩咐。
现在我要提醒你,既然是我将你养育,
爱神真正的孩子年少又天性淳朴,
对你要遇见的人许下至诚的誓言:
“请做我的向导,我将陷入迷途

直到她的赞赏为我披上抵达的华服。”
你的远行最终不要落得结果全无，
不要浪费时间逗留乡野山民的粗俗，
努力吧，如果可以，展露你自己
只向优雅淑女和绅士们的动人礼仪，
他们会引导你重新返回快捷之路，
抵达爱神，抵达与祂同在的女郎，
代我致敬，诉说爱意，这理所应当。

为了让这首组歌得到更好的理解，我对它的分层解读将比之前更加细致。首先将其划分为三个部分：第一部分是后文的引言，第二部分是继续谈论的主题，第三部分可以说是前文的附言。第二部分的开头是“**一位天使的祷告**”，第三部分的首句为“**组歌啊**”。第一部分可再细分为四节。首节交代我想要向谁倾诉以及为何我要倾诉；次节描述每当想到她的完美无瑕时自己的心境，以及倘若还未丧失勇气，我将如何称颂；第三节谈到为了免于怯懦，我将以何种方式赞美女郎；末节再次提及我倾诉的对象，说明我选择她们的理由。次节的开头是“**因为当我想到她的无限珍贵**”；第三节始自“**我不愿选择一种崇高的语音**”；末节的首句为“**诸位敏感于爱神的女郎和少女**”。当我写出“一

位天使的祷告”时，我便开始吟咏赐福女郎。这部分可再细分为两节：首节吟唱天国怎样理解她；第二节从“**我的女郎被至高的天堂所渴望**”开始，讲述尘世如何看待她。这一节又可继续分为两小节：第一小节讴歌她灵魂的高贵，惊叹她灵魂中产生的卓越感染力；第二小节从“**爱神称颂**”开始，叙说她身体的高贵，刻画其窈窕娉婷之美。第二小节又可分为两段，第二段从“**她的秋波顾盼**”开始，描摹她的身体特定部位的优美。这一段又可一分为二，首先歌咏她的眼眸，那是爱的源泉；继而赞美她的双唇，那是我爱的最高目的。[1]在此，为了杜绝任何轻浮的曲解，提请读者记住此前我对赐福女郎的问候的描写，只要我有幸蒙受，这问候乃是我所有欲望的目标，而它正出自她的双唇。随后，当吟唱出“**组歌啊**”时，我是将一段歌节作为附言添加在另一段歌节之后。我在其中袒露了自己对这首组歌的期望。鉴于最后这一部分不难理解，我就不再烦琐地分层剖析了。诚然，为能将这首组歌的诗义揭示得更加透彻，我本应再做更细致精微的划分；但是，如果那些不够聪慧的读者对上述分

1 在《飨宴》中，但丁认为灵魂的活动在人的面容上表现得最为灵敏（由此使得人的面容各不相同），特别是在眼睛和嘴唇上，灵魂能创造出最大的魅力。（Dante, *Convivio*, III, viii）

层剖析仍然不得要领，我也丝毫不介意他们索性对我的诗歌置之不理。事实上，倘若果真有许多人能够耐心细读，那么我自忖已经通过上述分段诠解传达出其中的深意。

二十

后来，这首组歌广为流传，颇受赞誉。一位有所耳闻的朋友，或许是读罢此诗后对我产生了超过我所应得的期待，跑来向我询问爱神的本质是什么。于是，考虑到完成上述诗歌后，以爱神作为主题正合时宜，同时也为了满足朋友的愿望，我决定创作一首关于爱神的诗歌。因此，这首商籁便笔落诗成，它的开头是“**爱神与温柔的心灵**”。

爱神与温柔的心灵如出一辙，
正如智慧之人[1]在其诗中所云：

1 “智慧之人”，指的是博洛尼亚（Bologna）的圭多·圭尼切利（Guido Guinicelli）。在《论俗语》中，但丁称赞他是“伟大的圭多”，并引用了他的诗歌作为范例讲解（Dante, *De vulgari eloquentia*, I, xv, 6）；在《神曲》中，但丁更是不乏溢美之词，称其为“我的和比我优秀的其他曾写作温柔、优雅的爱情诗的诗人的父亲”（Dante, *Purgatorio*, XXVI, 97. 参见：《神曲·炼狱篇》中译本第 281 页）。但丁提及的诗正是这位［转下页注］

如此的存在，一个依赖着另一个，
好似理智的灵魂依赖着理性本身。
自然，沁在爱的氛围里建造：
爱神是国王，心房是专属宫殿，
祂在里面休憩着脱离疲劳，
时而短暂浅睡，时而长久酣眠。

当美貌浮现在美德女子的脸庞，
瞳孔里激起欲望，而在心中
这视觉的欲望也被及时传递；
如此漫长，忍耐在心的宫房，

[接上页注] 诗人的一首组歌——《在温柔的心灵里》，其中的第一歌节唱道：

在温柔的心灵里，爱神荫蔽着祂自己，
正如鸟儿们栖身于树林绿色的阴影。
在自然的设计里，若脱离温柔的心灵，
爱神不能完成自己，反过来是相同情形。
譬如阳光，在天玄地黄中倾泻，
一瞬间就浇铸了辉煌，但是它
并不能诞生，如果脱离妊娠的太阳。
在温柔之名最私密的源头，
爱神孕育并聚拢着祂的影响，
好似在火焰的中心，热力爆出纵情之光。

但丁在自己的诗中显然借鉴了圭尼切利对爱神与“温柔的心灵”之间关系的描述，关于这首组歌，参见：*Dante And His Circle*, p. 291.

直到爱神的精魂苏醒于睡梦。

好男子也值得女郎们如许情意。

这首商籁分为两个部分：第一部分从潜能层面咏唱爱神；第二部分从潜能实现的层面咏唱爱神，首句为“**当美貌浮现在美德女子的脸庞**”。第一部分可再分为两节：第一节说明这一潜能蕴藏在哪个部位；第二节从“**自然，沁在爱的氛围里**”开始，描述这个部位和潜能如何产生，以及二者之间如何像质料和形式之间一样相互关联[1]。接着，当吟唱至“**当美貌浮现在美德女子的脸庞**”时，我开始描述这一潜能如何在行动中得以实现：首先谈它如何在男人身上实现；从“**好男子也值得女郎们如许情意**”这句开始，描述它如何在一个女人身上实现。

1 但丁在这里用西方哲学中的形质论（hylermorphism）来说明爱神与“温柔的心灵”之间的关系。在亚里士多德–托马斯（Aristotle-Thomas）的哲学语境中，形式和质料密不可分，质料是潜能，形式是现实，事物的运动是从潜能到现实的过程，现实是事物的目的因。据此，在爱神与“温柔的心灵”的关系中，首先二者密不可分；其次，“温柔的心灵”是质料，爱神是形式。因此，爱神是爱的运动的目的因。

二十一

完成这首咏唱爱神的诗篇后，创作之欲滚滚涌上心头，这一次我想赞美端丽冠绝的女郎，展示这爱神如何通过她而被唤醒，以及她不仅能在祂沉睡之地把祂唤醒，而且能在祂不存在时奇迹般地创造祂。于是，我以“**爱神的力量**”起兴，写下这首商籁。

爱神的力量在我女郎眼中停泊，
她顾盼生辉之处，温柔便被授予。
走在街上，所有目光朝她汇聚。
被她问候之人，心脏颤抖跳搏，
垂下头，满怀叹息，面容失色，
一切缺陷与罪孽皆在内心警醒：
憎恨变得会爱，骄矜化身为虔敬。
赞颂她吧，女郎们，请帮助我。

绽放出欢愉，绽放出谦卑的知觉，
无论谁心里飘入她口中的言语，
谁与她目光初遇，都会蒙受祝福。
至美是那笑意在她脸颊上显露，

不可言说，也不可用意念领悟，
如此崭新的圣迹啊，如此高洁。

这首诗分为三部分：第一部分展现这位女郎如何通过眼睛这个最高贵的感官将潜能实现出来；第三部分从“**绽放出欢愉**”开始，讲述她如何通过最高贵的嘴唇将潜能实现出来；这两个部分中间是一个承上启下的短诗句，即“**赞颂她吧，女郎们，请帮助我**”。第一部分可再细分为三节：第一节讲述这位女郎如何神奇地将目之所及变得温婉典雅，这意味着，她在爱神不在场之处孕育出爱的潜能；第二节从“**走在街上**”开始，描述她如何激发她所顾盼之人心中的爱神之力；第三节从“**被她问候之人**”开始，说明她如何神奇地在他们心中产生效果。接着，当咏出“**赞颂她吧**”时，我指出自己想要和谁诉说，吁请女士们助我赞美赐福女郎。继而，当唱出“**绽放出欢愉**”时，我重复了第一部分的诗义，不过这次是展现她的嘴唇的两个动作，其一是她那甜美文雅的谈吐，其二是她那神奇惊艳的嫣然一笑。我并未提及她的笑容在人们心中产生的效果，因为记忆是无法复现如她这般的微笑及其效果的。

二十二

没过几日，按照并不拒绝死亡的荣耀之主的圣意，那位曾作为端丽冠绝的女郎之父的男人告别了人世，确定无疑地进入永恒的荣耀中。[1]如此这般生死别离让亲朋好友倍感哀伤。从没有哪种情谊胜过慈父与孩子之间相互的爱，而这位女郎蕙心纨质，她的父亲也怀瑾握瑜，名不虚立，因此，女郎心中定然悲痛欲绝。按照城中习俗，在这一哀悼的场合，男士之间和女士之间总是聚集在一起，所以许多女士守护在悲恸的贝阿特丽彩身边。我看到其中一些女士从她房里出来，听到她们说起端丽冠绝的女郎，谈到她如何悲悼，我听见她们说："她如此哀戚，看到的人无不心生怜悯。"这些女郎从我身边走过，我悲不自胜，泫然流涕，不得不以手掩面。我本该在眼泪蒙眬之际躲藏起来，但由于正好站在大多数女士探望出来的必经之处，便渴望听到更多关于女郎的消息。于是，我逗留在原地，更多的女士相互交谈着从我身边走过，她们

1　贝阿特丽彩的父亲福尔科·波尔蒂纳里（Folco Portinari）逝世于1289年12月31日。

说："听到这位女郎如此伤心欲绝，谁还会再心生快乐呢？"言讫，另一群女士一边走来一边说："这个男人在此痛哭流涕，仿佛像我们一样进去探望过她似的。"而后，又有其他女士走来说："瞧他！他完全变了样儿，几乎不是原来那个人了。"女士们来来往往，我听见了她们对女郎和我的种种谈论。我思忖片刻，胸中酝酿好了作诗的绝佳题材，于是决定将我从这些女士那里听到的所有言辞编织成诗。若不是觉得会失之冒昧，我本想向这些女士打听详情。于是我将以问答的形式展开主题，仿佛当时我曾向她们提问，她们曾对我作答。就这样，我创作了两首商籁：在第一首中，我提出了自己想问的问题；在第二首中，我取用从女士们那里听到的话语给出她们的回答，仿佛她们曾亲口告诉我。第一首商籁的开头是"**哦，你们诸位**"，另一首则以"**你可正是那男子**"为首句。

哦，你们诸位面色无奈的女郎，
眼睑低垂着，因为心的沉重，
你们从哪来，为何每副面容
都神色相同，笼罩着怜悯的哀伤？
你们是否已目睹那高洁的女郎，
容颜是爱神的荣耀，却噙满哀戚？

说吧，女郎们，说出我心的声息，
你们哀恸的步履已经浸透真相。

如若你们真的是从怜悯中归还，
可否驻足，请在我身旁片刻停留，
告诉我事情的究竟，别隐瞒分毫。
看着你们的眼睛，这泪水我知晓，
你们的哀愁也让我如此哀愁，
我的心在颤抖，渐渐暗淡了视线。

这首商籁分为两部分：在第一部分中，我呼唤诸位女士，询问她们来之前是不是去探望过赐福女郎，并告诉她们我相信她们必定去过，因为她们回来时显得更加高贵典雅；在第二部分中，我吁请她们告诉我关于她的消息。第二部分的开头是“**如若你们真的是**”。

下面是前文交代过的另一首商籁。

你可正是那男子，常与我们倾诉
那亲爱的女郎，却从不理会旁人？
依然如故是你嗓中响动的声音，
但从你的脸庞却找出别样的面目。
为什么，你的泪水如此哀戚，

让怜悯引诱出别人心底的悲伤？
难道你也看见她哭泣，竟无法掩饰
内心的伤痛，纵使我们还在身旁？

不，把悲伤留给我们，别转换他人。
试图安慰我们便是犯了罪过，
是我们听出她泪水中啜泣的语言。
她的容色也宣示出内心的哀吟，
无论谁胆敢注目，看进她的双眼，
必眩晕倒地，悲恸中生命垂弱。

根据我吁请的诸位女士对我的四个回答，这首诗可分成四个部分。由于这些回答在诗中清晰可辨，我决定不再浪费笔墨逐个说明，这里仅指出各部分的开头。第二部分从“**为什么**”开始；第三部分的首句为“**不，把悲伤留给我们**”；第四部分的开头则是“**她的容色也宣示出**”。

二十三

几日后，我突然恶疾缠身，九日九夜备受病痛煎熬，最终虚弱至极，竟至卧床不起。在病痛令人不堪忍受的第九天，对赐福女郎的想念涌上心头，怀想她片刻后，心灵转而哀伤我的孱弱生命。一想到人生天地蜉蝣寄，即使身体康健时也似白驹过隙，我不禁暗自感悼生命的悲戚。而后，我喟然长叹，自言自语："天命难违，有朝一日，端丽冠绝的贝阿特丽彩终将仙逝。"这时，一阵晕眩猛然袭来，我闭上双眼，开始如谵妄者那般如是想象：承受着我的幻想开始游荡，一群披头散发的女人的面孔出现在我眼前，她们对我说："你快要死去。"旋即，这些女人面目骤变，颜色骇然，对我说："你已死去。"我的幻想就这样天马行空，以至于忘记自己身在何处。我看到一群神色凄然的女人沿街走去，她们披头散发，泪眼婆娑；还目睹太阳变得昏暗，给星辰染上啜泣的色泽；飞鸟坠地而亡，大地剧烈震颤。[1]在如此忆想中眩晕恍惚之际，我胆战心惊，想象着一位朋友走过来对我说："难道你还不知？你的那位高贵女郎已经离开人世。"霎时我哀恸欲绝，这哭

1　这个异象显然与《圣经》中的许多末日异象暗合："我将你扑灭的时候，要把天遮蔽，使众星昏暗，以密云遮掩太阳，月亮也不放光。我必使天上的亮光都在你以上变为昏暗，使你的地上黑暗。这是主耶和华说的。"（《旧约 · 以西结书》32:7–8）"那些日子的灾难一过去，'日头就变黑了，月亮也不放光，众星要从天上坠落，天势都要震动。'"（《新约·马太福音》24:29）

泣不仅发生在想象中，我的肉眼也真切地泪眼涔涔。我想象着自己望向天空，仿佛看见众天使向天国飞升，面前伴随着洁白的云朵[1]。这些天使仿佛在荣耀中唱着赞歌，歌词似乎有“高高在上和散那！”[2]，其余歌词模糊难辨。而后，我那充满爱意的心似乎在对我说：“千真万确，我们的女郎已经仙逝。”听到这句话后，我看到了最高贵圣洁的灵魂所寓居的那具身体。联翩的幻想无比强烈，我目睹了这位死亡的女郎，女人们正以白色面纱遮盖她的头，她面色安详，仿佛在说：“我看见了安宁之源[3]。”在这个想象中看到她时，我感到无限谦卑，于是我吁请死神：“亲爱的死神，请垂临我，别对我无情，看看你方才逗留的地方，你应

---

1 “洁白的云朵”，代表贝阿特丽彩的灵魂。

2 原文为拉丁文“Osanna in excelsis”，是耶稣骑驴进入耶路撒冷时众人的欢呼语。(《新约·马太福音》21:9，《新约·马可福音》11:10）“和散那”原有求救之意，后变为称颂赞美之语。在《神曲》中，但丁亦有提及：“那为理性准备素材的能力就确知它们实在是七个大烛台，听出歌声中唱‘和散那’。”（Dante, *Purgatorio*, XXIX, 49–51. 参见：《神曲 · 炼狱篇》中译本第 317–318 页）

3 “安宁之源”，指上帝。但丁在《神曲》中也以类似语汇表达上帝：“合乎他的意志是我们的安宁所在；他是他所创造的一切或者自然所生长的一切都流入的大海。”（Dante, *Paradiso*, III, 85–87. 参见：《神曲 · 天国篇》中译本第 18 页）“那重天上有一种使那些在观照造物主中得享安宁的被造物能看到他。”（Dante, *Paradiso*, XXX, 100–102. 参见：《神曲 · 天国篇》中译本第 183 页）

温柔待人。因此，垂临我吧，我祈望着你，你会发现我是诚心诚意，因为我已经浸染上了你的色泽。”当目睹完为逝者遗体举行的葬礼后，我回到自己的房间，在那里望向天空；想象如此强烈，乃至泪眼蒙眬，我掷地有声地说：“噢，最美的灵魂，得见你的人有福了！”当我声泪俱下地吁请死神垂临我时，一位在我病榻边的温婉少女[1]以为我是因病痛才如此哭诉，于是见哭兴悲，怛然失色，不禁呜咽流涕。房间里的其他女士因她的反应注意到了我的悲泣。在将这位本是我至亲的少女送走后，她们以为我陷入梦魇，于是走近唤醒我“快醒醒”“不要害怕”。我正要说“噢，贝阿特丽彩，愿你蒙福”，并且“噢，贝阿特丽彩”已经脱口而出时，这场迷狂的幻想已被她们的声音打断，我睁开双眼，意识到这只是一场幻梦[2]。尽管我已呼唤出她的芳名，但由于泣不成声，因此认为这些女士应该无法理解我的话。虽然我已赧颜汗下，但在爱神的鼓动下还是面朝她们。她们看到我时开口说：“他看上去好像死了！”随后相互说：“让我们去安慰安慰

1 有学者认为这位少女是但丁同父异母的妹妹加埃塔纳（Gaetana），但丁染病的这一年是1290年，彼时加埃塔纳年约15岁。

2 这个异象显然更直接而真切地预示了贝阿特丽彩的死亡，并暗示着与基督之死的对应关系。

他。”于是她们苦口婆心地对我百般抚慰，继而询问究竟是什么让我魂飞魄散。稍感慰藉后，我意识到方才的想象实乃虚无缥缈，于是答道：“我会向你们讲述发生了何事。”而后，我开始把自己所看到的东西从头到尾地告诉她们，但并未提及端丽冠绝的女郎的芳名。恢复健康后，我觉得自己的这次经历听起来颇能扣人心弦，因此决定将其付诸笔端。于是，我以“**慈悲的女郎**”起兴，以下文的分层剖析所呈现的谋篇结构吟唱出这首组歌。

慈悲的女郎有芳妙的年龄[1]，
丰盈的优雅与天性的同情，
站在近旁，听我呼唤死神，
看着我眼中让人怜悯的神情。
疯狂的言辞在我舌上汹涌，
她被恐惧哽住，啜泣失声。

1　但丁在《论俗语》中分析组歌的结构时提到了这首诗：“有时后歌（行数和音节数）在整体上多于前歌，正如在那首我写下‘慈悲的女郎有芳妙的年龄’的诗中一样。”（Dante, *De vulgari eloquentia*, II, xi, 8）“芳妙的年龄”原文是“di novella etate”，但丁在《神曲》中也使用了类似表述：“你这新的忒拜呀，乌圭乔涅和勃利伽塔以及在这一章前面提到的另外那两个，由于年龄幼小都是无辜的呀。”（Dante, *Inferno*, XXXIII, 88–90. 参见：《神曲·地狱篇》中译本第 234 页）

别的女郎们，得知我的情境，
她哭泣的身体站在我的床头，
她们将她从这里送走，
随后靠近，对着我轻声呼唤。
一位说："不要再陷入睡眠。"
另一位说："为何你如此伤心？"
终于我苏醒，挣脱出幻境，
唇齿间涌起我女郎的芳名。

但是我的嗓音竟如此悲伤，
被泪水与啜泣蹂躏得如此虚弱，
唯有我的心才听得见这芳名。
巨大的羞愧在视线中凝望，
尽管它已全然染上我的脸色，
爱神命我望向她们，转过头颈。
苍白的面孔让女郎们如此震惊，
于是转而谈起，我的死亡将至：
"噢，让我们慰藉这男子。"
一个朝向另一个，她们交换眼神，
并多次对我温柔地探问：
"流失了力量，是何物侵入你眼睛？"
当我从虚弱中恢复了些许舒适，

便说：“女郎们，让我将所见告知。”

当我沉思着自己脆弱的生命，
并深感时日在其中迅速衰亡，
爱神便在我心中啜泣。祂的庭院；
哀恸因之蔓延，迷乱了心灵，
怀着深沉的叹息，我对自己无声地讲：
“终有一日死神也将抵达我女郎面前。”
理智被如此巨大的迷乱所攻占，
我闭上眼，它们缀满疲惫的重力，
是什么正在停息——
在我的精神里，让一切都丧失了秩序；
仿若游走在梦的界域，
自觉的意识与真实皆消逝不见，
女郎们从眉心蹙起愠怒的神气，
对我嗔道：“你也会死，你也会死。”

随后我看见许多破碎隐匿之物，
在我所进入的莫测的幻觉中；
仿佛是，我不知自己的所在，
女郎们走过街道，头发失去束缚，
有些流下眼泪，有些叹惋哀声，

悲恸的火焰利箭般从她们内心射来。
我眼中这暗景，一点一点清晰起来：
太阳衰颓黯淡，星群开始聚集，
它们同时为彼此哭泣；
飞翔的鸟类从半空坠落死亡的地面，
大地突然间也开始抖颤；
此刻有谁朝我走来，嘶哑[1]而又惨白，
向我问道："怎么，你还没听说这消息？
你的女郎已死去了，她曾经如此美丽。"

我抬起被泪水浸湿的双眼，
便看到，仿佛一场吗哪之雨[2]洒下，

1 《神曲》中，但丁在两处关键时刻使用过"fioco"（嘶哑）这个词。第一次是见到维吉尔的灵魂时对他的描述："我正往低处退下去时，一个人影儿出现在眼前，他似乎由于长久沉默而声音沙哑。"（Dante, *Inferno*, I, 61–63. 参见：《神曲·地狱篇》中译本第 2 页）第二次是但丁进入犹大环时对自己恐惧心情的形容："读者呀，不要问我那时变得多么冰冷和喑哑，这我都不描写，因为一切词语都会显得不足。"（Dante, *Inferno,* XXXIV, 22–24. 参见：《神曲·地狱篇》中译本第 243 页）
2 "吗哪之雨"：据《旧约·出埃及记》（16:1–36）记载，以色列人跟随摩西渡过红海后，在炎热的沙漠旷野陷入粮荒，心有怨言，上帝耶和华便应许摩西赐食物给以色列人，于是每日清晨"野地面上有如白霜的小圆物"（16:14），"样子像芫荽子，颜色是白的，滋味如同搀蜜的薄饼"（16:31），以色列人称其为"吗哪"，并一直食用了 40 年，直到抵达"流淌着奶与蜜"的迦南。《旧约·诗篇》中唱道："降吗哪像雨［转下页注］

是众天使聚集着飞回天堂。
一小块云彩指引在他们身前，
跟在后面他们一起呼喊着“和散那”，
若有其他言辞，不会不对你们讲。
此时爱神言道：“不再对你隐瞒真相，
走来探看我们的女郎，她已寂静。”
那些野蛮迷狂的幻景
指引着我，去目睹我女郎之死；
当我的目光来到她身边时，
看见女郎们正将面纱覆上她脸庞；
陪伴着的，是谦卑的神情，
仿佛在说：“我已栖身于安宁。”

［接上页注］给他们吃，将天上的粮食赐给他们。各人吃大能者的食物。他赐下粮食，使他们饱足。”（78:24–25）此外，“吗哪”在《民数记》《约书亚记》《耶利米书》《约翰福音》《使徒行传》等经文中也曾多次被提及。值得注意的是，在《新约》语境中，耶稣以“吗哪”的神迹来教导众人他乃是上帝赐予世界的生命之粮：“他们又说：‘你行什么神迹，叫我们看见就信你？你到底做什么事呢？我们的祖宗在旷野吃过吗哪，如经上写着说：“他从天上赐下粮来给他们吃。”’耶稣说：‘我实实在在地告诉你们：那从天上来的粮，不是摩西赐给你们的，乃是我父将天上来的真粮赐给你们。因为神的粮，就是那从天上降下来赐生命给世界的。’他们说：‘主啊，常将这粮赐给我们。’耶稣说：‘我就是生命的粮，到我这里来的，必定不饿；信我的，永远不渴。’”（《新约 · 约翰福音》6:30–35）

我浸在伤痛中也变得谦卑，
她如此辽阔的谦卑显影在视线里，
于是说："死神，我曾视你如珍宝；
从此刻起，你将抵达至高的尊贵，
因为已托身于我女郎的形体，
你应被怜爱，而非遭受鄙薄。
你看啊，我多渴望将自己停靠
离你更近，我们有相似的信仰。
来啊，呼唤着你是我的心脏。"
随后我离去了，耗尽每一寸哀恸；
当我置身于孤独的时空，
便望向天国至高的界域，并说道：
"美魂灵，谁是有福者，得见你脸庞！"
此时我被唤醒，缘于你们的慈祥。[1]

这首组歌分为两个部分：在第一部分，我向一些身份不明的人讲述自己如何被几位女士从幻想中唤

1 这首组歌不仅是全部三首组歌的中间一首，更是位于全部31首诗歌的正中间位置，因此在全书结构上具有深刻的神学意义。具体来说，这首组歌描写了贝阿特丽彩之死，与基督之死形成对应关系，如果将《新生》视为一座教堂的话，这首组歌就像教堂祭坛正后方的基督受难场景，而前后的诗歌则是指引进入和离开基督受难场景的其他圣经壁画。

醒，以及自己如何答应她们将所见告知；第二部分从“**当我沉思着**”开始，细说向她们讲述的内容。第一部分又可分为两节：第一节细说在我完全恢复意识之前，诸位女士，特别是其中一位少女因揪心于我的幻想谵妄之态而说出的话语和做出的行动；第二部分从“**但是我的嗓音**”开始，交代这些女士在我从迷狂中恢复后对我说过的话。而后，当吟唱出“**当我沉思着**”这句时，我向她们复述自己的想象。这一节可细分为两小节：第一小节描述了想象的全过程；第二小节从“**此时我被唤醒**”开始，指出幻想进行到何处时我被这些女士唤醒，并含蓄委婉地对她们唤醒我这件事表示感谢。

二十四

这场虚幻的想象发生之后，有一天，我在某处枯坐沉思，这时，心头泛起一阵颤抖，仿佛感觉到赐福女郎现身在场。随后，我看到爱神在幻想中走向我，仿佛望见祂从赐福女郎的居处过来，祂满怀愉悦地在我心中说：“记得为我俘获你的那个日子祝福，因为这是你的义务。”我听完后心中喜不自禁，仿佛这颗心因转悲为喜而不再属于我。我的心以爱神的口吻说过这些话后不久，我便看见一位美丽动人的温柔女郎向我走来，她是我挚友[1]爱慕的女子，名叫乔万娜（Giovanna）。但正如其他人深信不疑的，她有着沉鱼落雁之貌，因此被赋予“春姑娘”（Primavera[2]）的美名，人们便如是称呼她。定睛一看，我发现神迹般的贝阿特丽彩在她身后翩翩走来。两位女郎一前一后从我身边经过，霎时，爱神似乎在我心中发声：“走在前头的女郎之所以被称为‘春姑娘’，就是在于她今天来临的方式；因为正是我鼓动赋名者[3]称呼她为‘春姑娘’的，意味着在贝阿特丽彩于其信徒产生幻想[4]之后现身的那天，这位女郎‘最先来临’[5]。并且，倘若考察她的真名，你会发现这同样表示‘最先来临’，因为乔万娜这个名字来自乔万尼[6]，这位真光的先导曾说：‘我是旷野中呼告的声音，为主预备道

---

1 “挚友”即第3节提到过的卡瓦尔坎蒂。

2 “Primavera”即意大利语的“春天”。

3 “赋名者”，即给这位女郎取名为“春姑娘”的卡瓦尔坎蒂。

4 即上一节讲述的预示着贝阿特丽彩之死的异象。

5 在意大利语中，“春天”的字面意思就是“最先来临”。

6 “乔万尼”（Giovainni）是施洗者约翰（John the Baptist）的意大利文名字。

路。'" [1] 言讫，爱神似乎又补充道："任何一位明察秋毫的人都会称贝阿特丽彩为爱神，因为她与我如此相像。"一番深思熟虑后，我决定创作一首诗赠予我的挚友（但对那些不便透露的内容闭口不谈），我相信他的心仍对"春姑娘"的曼妙情有独钟。于是，我挥笔写就这首商籁，开头是"**我感觉到心房里面**"。

我感觉到心房里面苏醒的事物，
是爱的精灵曾在此睡得昏沉。
然后我看见爱神抵自遥远的路，
祂的愉悦，于我是莫测的学问。
"荣耀我，别作他想。"祂说，
笑意绽出每一个璀璨的词。
与爱神相伴只是少量的时刻，
祂由来的那界域引诱我去凝视。

1 原文为拉丁文："Ego vox clamantis in deserto, parate viam Domini." 参见："万军之耶和华说：'我要差遣我的使者在我前面预备道路。你们所寻求的主，必忽然进入他的殿；立约的使者，就是你们所仰慕的，快要来到。'"（《旧约·玛拉基书》3:1）"正如先知以赛亚书上记着说：'看哪，我要差遣我的使者在你前面，预备道路。''在旷野有人声喊着说："预备主的道，修直他的路。"' 照这话，约翰来了，在旷野施洗，传悔改的洗礼，使罪得赦。"（《新约·马可福音》1:2–4）但丁在这里将走在贝阿特丽彩前面的"春姑娘"比作为基督预备道路的施洗者约翰，意在将贝阿特丽彩比作基督。

于是我看见万娜女郎和贝彩女郎[1]
陆续抵达我曾经置身的地方，
是一个圣迹跟随着另一个圣迹；
当回忆在自己脑中轻声地讲，
爱神便对我说："这位名叫春姑娘，
那一位名叫爱神，与我如此相似。"

这首商籁包含若干部分：第一部分吟唱熟悉的悸动如何在我心中萌生，以及爱神如何满怀愉悦地从远处走来，在我心中现身；第二部分记述爱神在我心中所说的话，以及祂的容貌，开头是"'**荣耀我，别作他想**'"；第三部分讲述祂在我身上逗留片刻后，我的所见所闻，首句为"**与爱神相伴**"。第三部分可细分为两节：首节展示目之所见；次节从"**爱神便对我说**"开始，交代耳之所闻。

1 "万娜"（Vanna）和"贝彩"（Bice）是乔万娜和贝阿特丽彩的简称。值得注意的是，在《神曲》中，但丁从名称上暗示了贝阿特丽彩与基督的关联："只要一听到 Be 和 ice，就会主宰我全身的那种敬畏之情，使我像瞌睡的人似的低下头去。"（Dante, *Paradiso*, VII, 13–15. 参见：《神曲 · 天国篇》中译本第 49 页）"Be" 和 "ice" 既可以是 "Beatrice" 的首尾缩写，也让我们联想到许多手抄本中对基督的简写："Be"（beato［受祝福的］）和 "ic"（Iesu Christ［耶稣基督］）。

二十五

在此，或许有想要刨根问底的人对我谈论爱神的方式提出疑问，因为在我笔下，祂好像是一个出于自身的事物[1]，看上去不仅是理智实体[2]，还是有形实体[3]。此言谬矣，因为爱神自身并非作为实体而存在，它是实体中的偶性[4]。我谈到爱神时仿佛使祂成为一个物体乃至一个人，主要体现在三个说法中。我说看到祂走来：由于"走来"意味着移动位置，并且依照那位哲学家[5]的观点，只有物体才能运动，因此我显然将爱神呈现为物体。我还描写爱神微笑，甚至开口说

---

1 "出于自身的事物"，参见托马斯·阿奎那的定义："实体是一种自身独立的存在。"（Thomas Aquinas, *Summa Theologica*, I, Q.3, A.5. 参见：[意]《神学大全》（第一集第一卷），段德智译，北京：商务印书馆，第 51 页）

2 "理智实体"（sustanzia intelligente），指纯粹的理智，如天使的理智。

3 "有形实体"（sustanzia corporale），指身体，如人的身体。

4 "实体中的偶性"（accidente in sustanzia）：亚里士多德在《形而上学》中区分了"就本身而言的存在"和"就偶性而言的存在"。前者是出于本质必然性的存在；后者是出于偶然性的存在，换言之，它的存在不是必然的和永恒的，可以是别样的存在，如"这个白皙的人是文雅的"，其谓述关系的特点在于谓词和主词不属于同一个范畴，二者的联结（如"白皙"和"文雅"）出于一种巧合或偶然。（关于亚里士多德对偶性的论述，参见：Aristotle, *Metaphysics*, 1026a33–1027b16）

5 "那位哲学家"，指亚里士多德。

话：这些行为，特别是微笑，都是属于人的特质，因此我显然将爱神刻画为一个人。为了恰到好处地澄清这个问题，首先提请注意的是，在古代没有以俗语写作的爱情诗人，诗人只用拉丁语吟咏爱情；换言之，在我们中间，诗人不是用俗语而是用雅言来描写爱情这个主题，正如在希腊人那里一样，这在其他民族中可能同样如此。事实上，第一位用俗语写作的诗人的出现时间去古未远；我称他们为诗人，是因为按照类比关系，用俗语创作韵诗与用拉丁语创作韵诗实乃殊途同归。我说时间去古未远，是因为如果考察说“oco”的语言和说“sì”的语言[1]，我们会发现，追溯一百五十年以上，便找不到任何出自这些语言的诗歌了。同样，少数资质平庸的人之所以最早得享诗人的名声，正是因为他们是第一批用说“sì”的语言作诗的人。第一个人之所以采用俗语作诗，是为了便于那些不懂拉丁语诗歌的女士能读懂自己的诗歌。这一情

---

1 “说‘oco’的语言”（lingua d'oco）和“说‘sì’的语言”（lingua di sì），分别指普罗旺斯语和意大利语。但丁在《论俗语》中将欧洲语言大致分为北欧语言、东欧语言和南欧语言，并根据各个语种所使用的肯定副词，把南欧语言分为“说‘oc’的语言”（普罗旺斯语）、“说‘oïl’的语言”（法语）和“说‘sì’的语言”（意大利语）（Dante, *De vulgari eloquentia*, I, viii, 5）。在《神曲》中，但丁同样运用了这个表述：“啊，比萨，你是说‘sì’的美丽国土上的人民的耻辱啊！”（Dante, *Inferno*, XXXIIII, 79–80. 参见：《神曲·地狱篇》中译本第 234 页）

况并不适用于爱情之外主题的诗歌创作，因为最初用俗语写诗只是为了吟咏爱情。由于拉丁语的诗人与散文作家相比拥有更大的特权，而上面这些韵诗作家都是俗语诗人，那么，比之其他俗语作家，赋予他们以更大的特权实在是合情合理；所以，如果拉丁语诗人拥有雕文织采的权利，那么俗语诗人也应享有同等待遇。拉丁语诗人在作品中写到无生命的对象时，或让它们仿佛具有感觉和理性，或使它们互相交谈，并且他们不仅以此方式处理真实之物，还延伸到对非真实之物的描写上。也就是说，在他们笔下，不存在的事物可以开口，偶性就像实体和人那样说话，倘若拉丁语诗人如是写作，那么俗语诗人照此袭用同样合情合理。当然，这种写法绝非无缘无故，而是自有理由，下文将对此进行说明。拉丁语诗人以上述方式写诗，可从维吉尔[1]的作品中窥见一斑。在《埃涅阿斯纪》

1 维吉尔（Publius Vergilius Maro，英文名 Virgil，前 70—前 19），古罗马诗人，主要作品有《牧歌》（*Ecologues*）、《农事诗》（*Georgics*）和《埃涅阿斯纪》（*Aeneid*）。从下文对《埃涅阿斯纪》的引用中可以看出，但丁早年就在维吉尔的诗篇中涵泳优游。写作《神曲》时，但丁更是让维吉尔作为自己游历地狱和炼狱的向导，并在初见他的灵魂时深情回忆和感激维吉尔诗歌对自己写作的启发："啊，其他诗人的光荣和明灯啊，但愿我长久学习和怀着深爱研寻你的诗卷能使我博得你的同情和援助。你是我的老师，我的权威作家，只是从你那里我才学来了使我成名的优美风格。"（Dante, *Inferno*, I, 82–87. 参见：《神曲·地狱篇》中译本第 2 页）

第一卷中，敌视特洛亚人的女神朱诺（Juno）就对风神埃俄路斯（Aeolus）说："埃俄路斯王啊！"[1]这位风神回答："天后，你考虑你想要什么，这是你的事；我的职责是执行你的命令。"[2]在《埃涅阿斯纪》第三卷，维吉尔还让无生命物向有生命者开口："坚忍不拔的特洛亚人。"[3]卢侃[4]在作品中则让有生命者向无生命物

1　原文为拉丁文："Eole, namque tibi."（Virgil, *Aeneid*, 65. 参见：[古罗马]维吉尔：《埃涅阿斯纪》，杨周翰译，南京：译林出版社，1999年，第3页）

2　原文为拉丁文："Tuus, o regina, quid optes explorare labor; michi iussa capessere fas est."（Virgil, *Aeneid*, I, 76–77. 参见：《埃涅阿斯纪》中译本第3页）

3　原文为拉丁文："Dardanide duri."（Virgil, *Aeneid*, III, 94. 参见：《埃涅阿斯纪》中译本第57页）从上下文看，这句话虽是阿波罗神向特洛亚人所说，却是借助周围无生命的物体发出的："忽然间一切都好像在震动，神庙的门槛和神的月桂树，周围的山都在震动，而从开启的内殿，三脚座发出了吼声。"（Virgil, *Aeneid*, III, 90–92. 参见：《埃涅阿斯纪》中译本第57页）

4　卢侃（Marcus Annaeus Lucanus，英文名 Lucan，39—65），古罗马诗人，代表作品是历史长诗《法尔萨里亚》（*Pharsalia*），叙述了公元前1世纪凯撒（Caesar）与庞培（Pompey）之间的战争。在《飨宴》中，但丁称他为"伟大的诗人"（Dante, *Convivio*, IV, xxviii）；在《神曲》中，朝圣者但丁进入"灵泊"见到古代圣贤诗人的灵魂，其中就包括卢侃以及下文即将引述或提及的贺拉斯、荷马、奥维德："你看手里拿着那把宝剑、像君主似的走在三个人前面的那一位：那就是诗人之王荷马；跟在他后面走来的是讽刺诗人贺拉斯；第三位是奥维德，最后一位是卢卡努斯（卢侃——引者注）。"（Dante, *Inferno*, IV, 86–90. 参见：《神曲·地狱篇》中译本第21页）

发声："然而，罗马啊，你对内战负责之处甚多。"[1]贺拉斯[2]笔下的人竟同自己的智慧说话，就像对别人说话一样，不只是贺拉斯以此方式遣词造句，他效法的是伟大的荷马："缪斯，请向我讲述他的故事。"[3]奥维德[4]则在《爱的医疗》的开篇让爱神像人一样说话："他说，我看到，针对我的战争，战争在酝酿。"[5]以上论述可让任何针对这本小书某个部分的疑惑涣然冰释，但为避免平庸之辈曲解我的话，我要补充说明的是，

1　原文为拉丁文："Multum, Roma, tamen debes civilibus armis."（Lucan, *Pharsalia*, I, 44）

2　贺拉斯（Quintus Horatius Flaccus，英文名 Horace，前 65—前 8），古罗马诗人，主要作品有《讽刺诗集》（*Satires*）、《长短句集》（*Epodes*）、《颂诗集》（*Odes*）、《书信集》（*Epistles*）和《世纪之歌》（*Carmen Saeculare*）。

3　原文为拉丁文："Dic michi, Musa, virum."（Horace, *Ars Poetica*, 141. 参见：[古罗马]贺拉斯：《贺拉斯诗全集：拉中对照详注本》，李永毅译，北京：中国青年出版社，2017 年，第 721 页）但丁在这里指出贺拉斯的这句诗是在模仿荷马《奥德赛》的开篇："请为我叙说，缪斯啊。"（Homer, *Odyssey*, I, 1. 参见：[古希腊]荷马：《奥德赛》，王焕生译，上海：上海人民出版社，2014 年，第 13 页）

4　奥维德（Publius Ovidius Naso，英文名 Ovid，前 43—17），古罗马诗人，主要作品有《情诗集》（*Armores*）、《女杰书简》（*Heroides*）、《爱的艺术》（*Ars Amatoria*）、《爱的医疗》（*Remedia Amoris*）、《变形记》（*Metamorphoses*）、《岁时记》（*Fasti*）、《哀歌集》（*Tristia*）、《黑海书简》（*Ex Ponto*）和《伊比斯》（*Et Ibis*）。

5　原文为拉丁文："Bella michi, video, bella parantur, ait."（Ovid, *Remedia Amoris*, 2）

正如拉丁语诗人不会毫无理由地这样写诗，俗语诗人同样不会平白无故地如是创作。因为，假如有人对自己的诗作润色雕琢，而当我们请他褪去这层华丽外衣以揭示诗歌真义时，他却无能为力，这实在令人感到羞耻。[1] 我的挚友和我本人对这种愚蠢的诗人早已见多不怪。

二十六

前面的诗歌所咏唱的这位端丽冠绝的女郎备受倾慕，乃至于当她漫步街头时，人们都争先恐后地一睹其芳容。这让我感到无比欣喜。当她从任何人身边经过时，那人的心中便充满谦恭，乃至于既不敢抬眼对视，也不敢回礼致敬。如果有人不相信我的话，许多亲身经历的人可以作证。她温婉谦恭，衣不重彩，步履翩翩地走来，对所见所闻不矜不伐。人们在目送她走过后都会说："这哪是尘世女子，分明是天国最

1　但丁在《论俗语》中亦有关于不恰当修辞的批评："至于说每个人都应该尽可能来装饰自己的诗，我们以为是对的；但是我们不会说，一头打扮得像马的公牛或一头配着剑带的猪是装饰得很好的，我们因其怪相而笑话它们；因为真正的装饰在于添加合适的东西。"（Dante, *De vulgari eloquentia*, II, i, 9. 参见：［意］但丁：《但丁精选集》，吕同六编选，北京：北京燕山出版社，2004 年，第 598 页，译文有改动）

美丽的天使。”[1]其他人还说：“她是一个奇迹！上帝是该称颂的，祂的创造之工如此出神入化。”她娴静淑雅，气质非凡，任何人目睹其芳容后都会心生甜蜜的欢愉，都会立刻赞叹不已。凡此种种，以及更神奇的事件皆是她伟力的杰作。思忖再三，我又想提笔写诗赞颂她，准备在诗中描写她的魅力带来的伟大而仁慈的效果，从而使那些未能有缘得见的人和那些目睹过她的人一样，都能够借助我的诗句领略她的魅力。于是，我吟写出这首商籁，开头是“**如此温柔**”。

如此温柔，同时又如此纯洁，
无论我的女郎对谁发出问候，
那人的舌头都变得哑默、颤抖，
眼眸中凝视的勇气也会熄灭。
她自己呢，听到赞颂满街，
谦卑便披上了她仁爱的心头，
仿佛一个神圣者到来，显露
圣迹，从天堂降临人间世界。

1　这句赞美与第2节中出现的“她不像凡人的女儿，更像神的女儿”在句式和语义上异曲同工。

对赞美者流露出欢愉的神情，
经她的妙眼，那温柔沁入心间，
谁不曾体验过，谁就不会懂；
有什么仿佛在她的唇间移动。
一个温柔的精灵，将爱充满，
说："请叹息！"对体验者的魂灵。

参照前文的叙述，这首诗非常容易理解，无须分层剖析。因此，将它搁置一旁，而我想说的是，挚爱女郎在众人那里得享的爱慕如此深切，乃至于不仅她备受尊崇和赞美，而且许多其他女士也因她而受到尊崇和赞美。发现这一现象后，为了让那些未能亲眼得见的人有所体会，我决定创作另一首诗以作揭示。于是，以"**谁心智完美**"为开头，我另写出一首商籁，正如分段诠解部分所呈现的，诗歌讲述了她的魅力如何感染其他女士。

谁心智完美，得见丰饶的祝福，
若能从众女郎中辨认我之唯一；
她们陪在她身旁，结伴走路，
沾染美和优雅，将感激归还上帝。
她的美丽容颜如此魅力奇幻，

不会让妒忌从别人心里生起，
相反的欲望是去模仿：身穿
温柔甜美、爱恋与信仰的新衣。

她目光中所及，万物谦卑丰盈，
而且并不是她独自饱受爱恋，
每位她的陪伴者都会赢得荣誉。
举止投射出如此优雅的形影，
如若谁，已将她映入自己心间，
就必会叹息着，迷入爱的欢愉。

这首商籁分为三个部分：在第一部分中，我交代了是谁陪伴着这位魅力非凡的女郎；第二部分描述她同伴的美丽优雅，开头是“**她们陪在她身旁**”；第三部分细说她给其他女士带来的神奇效果，首句为“**她的美丽容颜如此魅力奇幻**”。第三部分可细分为三节：第一节谈及她在众女郎身上引发的那些只有她们自己知晓的效果；第二节则描述其他人能够目睹的效果；第三节展示出她的神奇魅力感染的对象不仅有众女郎，还旁及所有人，并且，这种感染不仅发生在人们目睹她的时候，还发生在人们怀想她的时候。第二节的开头是“**她目光中所及**”，第三节的首句为

“**举止投射出**”。

二十七

此后的某一天，当我思考前面两首吟唱赐福女郎的诗歌时，意识到自己并未诉说当时她对我产生的任何效果，因此感到意犹未尽。基于此，我决定另写一首诗，描述自己如何被她的魅力征服，以及她的伟力如何作用于我。由于自感在一首商籁的篇幅内无法淋漓尽致地抒情咏怀，我转而创作一首组歌，开头是“**太长久的心绪**”。

太长久的心绪已被爱神占据，
祂的奴役，让我已经太习惯，
从前自己常常感到祂的强悍，
如今是温柔在我心间缓缓驾驭。
然而当自己的力量被祂夺去，
我的精神同时也随之离散，
感到自己脆弱的心灵这瞬间
如此欢愉，面容便惨白下去。

后来爱神对我如此暴虐粗鲁，

迫使我的精神一边哀叹言说，
一边沮丧地呼唤着
我的女郎，求她赐予更多祝福。
这发生在她看见我的任何地址，
这谦卑的造物，这超越的言辞。

二十八

“先前满有人民的城，现在何竟独坐！先前在列国中为大的，现在竟如寡妇！”[1]正当我创作这首组歌，刚刚完成前面的歌节时，正义的圣主就将端丽冠绝的女郎召入神圣的天后即圣母玛利亚旗下的荣耀之中，这位圣母的圣名曾时常从圣洁的贝阿特丽彩的芳唇涌出。尽管读者或许会期待我现在来讲述她的仙逝，但我并无此意，理由有三：其一，如果回顾此前的序节，会发现讲述这件事并不适合本书的主题；[2]其

1　原文为拉丁文：“Quomodo sedet sola civitas plena populo! facta est quasi vidua domina gentium.”这句话是先知耶利米对圣城耶路撒冷的哀悼语。(《旧约·耶利米哀歌》1:1)

2　这里的“序节”指的是本书的第一节，在那里，但丁给自己定下的任务是将“回忆录”中以“新的生命开始了”为标题的篇章选择性地“辑录在这本小书中”。因此，如果但丁指出在此谈论这件事与序节提出的计划不符合，那么说明他可能并未在回忆录中详细记载贝阿特丽彩之死。

二，即便我有意讲述，我的笔力也无法胜任对这一主题的书写；其三，即便前两个问题一笔勾销，讲述这件事对我来说仍然不太妥当，因为这势必导致自我赞美，而这是最应受谴责的行为。[1]因此，我准备将这一主题搁置一旁，留待他人评述。但是由于数字九已多次出现在我已写下的文字中，这其中必有缘由，并且这个数字在她的仙逝中似乎发挥了重要作用，所以，在此对这一现象进行诠释正合时宜。我将首先说

---

1 在《飨宴》的第二章伊始，但丁认为公开地自我赞美和自我谴责都是不应被允许的行为，“修辞学家不允许任何人谈论自己，除非这是必需的”（Dante, *Convivio*, I, ii, 3）。只有两种必要情况是可以谈论自己的：第一，倘若不谈论自己就会遭受巨大的屈辱或危险时，例如波爱修斯（Anicius Manlius Severinus Boethius）在《哲学的慰藉》（*De Consolatione Philosophiae*）中谈论自己是为了抵抗身遭流放带来的无尽屈辱，获得心灵的慰藉（Dante, *Convivio*, I, ii, 13）；第二，当谈论自己能带给他人教益时，例如奥古斯丁（Saint Aurelius Augustinus）在《忏悔录》（*Confessiones*）中通过深刻剖析自己从堕落到皈依的经历，给我们提供了信仰的活生生的证言。但丁在《神曲》的写作中贯彻了这一准则，他只在一处公开写出自己的名字：“‘但丁，你为维吉尔已去，且不要哭，且不要哭；因为你须要为另一剑伤哭呢。’正如一位海军上将站在船头和船尾，视察在别的船上履行职责的人们，鼓励他们做好工作；同样，当我听见直呼我在此处必须记载的自己名字的声音，转身去看时，只见那位在天使们散花形成的彩云遮蔽下初次出现在我面前的圣女站在车上靠左的一边，把眼光投向河这边的我身上。”（Dante, *Purgatorio*, XXX, 55–66. 参见：《神曲·炼狱篇》中译本第 334 页）此处贝阿特丽彩直呼但丁的名字并非出自诗人的虚荣心，而是以此加深其对自己曾经堕落的羞愧和忏悔之情。（参见：《神曲·炼狱篇》中译本第 338—339 页注释⑭）

明这个数字在她的仙逝中所发挥的作用，继而阐释它与她结下不解之缘的根由。

二十九

首先，如果根据阿拉伯的历法计算，她那最高贵的灵魂是在那个月第九天的第一时与她的生命永远分离的；如果按照叙利亚的历法计算，她的仙逝则发生在那一年的第九个月，因为他们的一月相当于我们的十月；倘若遵循我们的传统，她的辞世则发生在基督纪年亦即公元纪年中她出生的那个世纪里完满之数已经运行九次的那一年，而她是在13世纪降临人间的。[1] 这一数字与她如此契合的原因之一或许是：根据托勒密的学说和基督教的真理，运行的天共有九重；而按照占星学家的通常观点，这九重天根据它们彼此间的关系会对地球施加影响。这一数字与她之间的契合表明，在她诞生的时候，运行着的全部九重天，就其对地球的影响而言，正处于相互间的完美关系之中。但这只是其中一个原因。若进一步深究，并援引

1 根据上述三种历法计算，贝阿特丽彩去世于1290年6月9日。

“绝对正确的真理”[1]，我们会发现，这一数字在类比的意义上与她同符合契。数字三是九的根，无须其他数字，三的平方即可产生九，因为三乘以三显然等于九。所以，三是九的根，而神迹的根正是三，即圣父、圣子、圣灵的三位一体。因此，这位女郎与数字九形影相伴意味着她就是九，亦即一个神迹，其唯一的根，亦即神迹的根，乃是神圣的三位一体。或许比我更具慧眼的人士能抉隐索微，洞察更深刻的缘由，但以上便是我的发现，并且这个发现让我感到无比欣喜。

三十

赐福女郎离开尘世之后，整座城市仿佛变成一位孤苦伶仃的孀妇，光彩渐隐，尊贵全无。我仍在这座荒凉的城中悲恸哀悼，并向地上的尊贵人[2]写信，描述这里的境况。我引用先知耶利米的话作为开场白：“先前满有人民的城，现在何竟独坐！”我在这里提到这句引文，是要让所有人理解为何我在前文中要引

1 “绝对正确的真理”，指基督教神学中的“三位一体”学说。

2 “地上的尊贵人”源自《圣经》中的表述，参见：“你的客商原来是地上的尊贵人，万国也被你的邪术迷惑了。”（《新约·启示录》18:23）

用这句话，因为要以它作为后文新主题[1]的导语。如果有人责怪我没有摘录这封书信的余下内容，我的辩词是，从动笔之初我就打算用俗语写作，而上述引文的后文全部是拉丁文，悉数摘入本书将有违初衷。并且，我知道我的挚友，亦即本书题献的对象与我的观点不谋而合，他也认为通篇都应该采用俗语写作。

三十一

我的眼睛恸哭良久，直至泪如泉涌也无法再缓解悲伤，便欲以哀婉之言排遣心中痛苦；于是，我决定创作一首组歌，在其中情凄意切地吟写令我泪干肠断的赐福女郎。而后，我以“**双眼的疼痛**”起兴挥毫成诗。为了让哀戚的意蕴在组歌结束时绵延得更加悠长，我决定在摘录这首组歌之前就对其进行分层剖析，并且此后将一直沿用这种方式。

这首如泣如诉的组歌包含三个部分：第一部分是前奏；在第二部分，我开始谈论她，开头是“**此时贝阿特丽彩**”；第三部分我以引人怜悯的口吻向组歌说话，首句为“**我哀戚的组歌**”。第一部分可再细分为三

1 “新主题”，即称颂贝阿特丽彩进入永生的荣耀。

节：第一节说明为何我有感而发；第二节交代我想要向谁倾诉，开头是“**为什么我对这言语**”；第三节讲述我想要倾诉的内容，首句为“**谈论起她时**”。当我吟唱出“**此时贝阿特丽彩**”这句时，我便开始谈论她，这部分可再细分为两节：第一节说明她为什么离开我们；第二节从“**从她自己美丽的肉体中脱离**”开始，描述人们如何哀悼她的离去。这一节可再分为三小节：第一小节指出谁未曾哀悼她；第二小节指出谁确曾哀悼过她，开头是“**然而哀歌传来**”；第三小节细说我自己的境况，首句为“**哀悼之眼泪**”。随后，当吟唱至“**我哀戚的组歌**”时，我开始向组歌说话，指明它应前往诸女郎身边并陪伴她们。

双眼的疼痛源自心的悲伤，
煎熬着，长久地遭受刑罚，
它们惨败，泪水干涸了踪迹。
此刻，倾泻痛苦是我的希望，
它一步一步引我朝死亡进发，
唯有我的言语能将不幸消弭。
为什么我对这言语仍有记忆，
关于我的女郎，当时她还在世，
温柔的女郎们，我情愿与你们

相谈，而不理会旁人，
假如温柔之心只在女郎身体里。
谈论起她时我总是流泪，只因
突然之间她便远行到了天国，
空留下爱神，疼痛地陪伴着我。

此时贝阿特丽彩已达至高天国，
在那界域里与众天使共享安宁，
而你们呢，众女郎，她，已别离。
不是严寒的质地将她身体掠夺，
也不是酷热，正如他者的宿命，
而仅仅是因为她巨大的仁慈善意；
照彻天国，携带着如此的威力，
那是从她的谦卑中射出光芒，
让永恒的主也发出神圣的赞叹，
心中一份欢愉的期盼
呼唤着祂，增加拯救的力量；
引她走向自己，挣脱沉沦的地面，
因为祂目睹那里乏味的生命，
已不配再盛纳这温柔的形灵。

从她自己美丽的肉体中脱离，

这饱含了优雅的温柔的魂灵，
终于将荣耀寄托在相称的地点。
谁若不为她流泪，就没有理智，
邪恶而卑鄙，心如磐石般坚硬，
甜蜜的精灵无法潜入这空间。
卑鄙之心即使与禀赋卓越得兼，
也看不见哪怕一点点她的形象，
因此就不必做痛哭的哀悼者。
然而哀歌传来，心愿追随着
要去叹息，要哭着奔赴死亡，
并且慰藉也已从魂灵中湮灭——
假如谁的思想中闪过这些碎片：
她的离去，她曾在我们中间。

痛苦的残损驱策我猛力叹息，
当沉重的脑海中浮起的思想
召唤出曾从我心底剜下的事物。
一种欲念光顾，它多么甜蜜，
许多次了，心神中闯入死亡，
让我脸色变得难看如裹尸布。
当这种幻觉将我牢固地束缚，
每寸肌肤都遭受到残酷的刑罚，

痛楚不断传来使我周身战栗；
已沦为被消磨的自己，
我离去，羞愧操纵着我的想法，
止不住流泪，我孤独地哀泣，
喊着贝阿特丽彩：“你真的已死去？”
呼喊你给我以慰藉，我的圣女。

哀悼之眼泪以及痛苦之叹息，
在孤独的每一刻折磨我心脏，
谁听见了我，就一起哀声叹惋。
我的女郎已通往新纪元[1]，因此
我的生命随之变成何种模样，
没有言语能讲述清楚这事件。
所以，女郎们，尽管我有意愿，
却无法对你们说出清晰的声音，
我以前饱经劳苦，生活酸涩；
将生命疼痛消磨，
每个人都望见我濒死的唇吻，
便同声地说：“我抛弃你了。”

1 “新纪元”，指永生。参见本书第3节的表述：“她在路过时面带如今在永世已获福报的、不可言喻的谦恭向我问候致意。”另参见：“我又看见一个新天新地。”（《新约·启示录》21:1）

不论怎样消磨，我女郎都能看见，
而我依然守望着她优雅的恩典。

我哀戚的组歌，哭着出发吧；
与女郎们和闺中少女们相会！
你那些修辞的姐妹，
在旧时光里曾用来带给人欢愉；
而你呢，凄楚的哀歌之女，
去和她们相会，携带幻灭的安慰。

三十二

这首组歌完成后，一位朋友前来探访我，按照友情的分量，他仅次于我的挚友。这位朋友与荣耀女郎之间的亲缘关系如此密切，乃至于其他任何人都无法相提并论。交谈片刻后，他请求我代他写诗追念一位去世的女郎，但他说话闪烁其词，仿佛指的是另一位不久前去世的女人。当意识到他所说的定是那位圣洁女郎后，我便告诉他自己会照着他的请求来做。而后，我思忖再三，决定创作一首商籁，在诗中，我将曲折委婉地表达自己的哀伤，让这哀伤看上去仿佛自他而出。因此，我提笔写就这首商籁，开头是“**过来**

吧”。它包含两个部分：在第一部分，我吁请爱的信徒倾听我的泣诉；第二部分从“**若无这幻灭的慰藉**”开始，描述我哀戚的境况。

过来吧，请将我的哀叹听清楚，
我温柔的心，发出怜悯的信号。
若无这幻灭的慰藉，尽管徒劳，
我险些跌入墓穴，痛苦地死去。
我的双眼已经疲惫，难堪重负，
没有力量再支撑起更多的辛劳，
放纵啊，纵声为我的女郎号啕，
为她号啕，我的心脏聊以满足。

你们听见吗，哀叹声常在呼唤
我温柔的女郎，她已经远行
到了与她的魅力相辉映的纪元；
哀叹声有时，也鄙夷此等生命。
从肉身到疼痛的灵魂，都难免
自弃的命运，掐灭了她的恩典。

三十三

创作完这首商籁后，想到要将它作为那位朋友亲身感受的表达而交付给他，我觉得对于如今已在荣耀中的赐福女郎的任何一个至亲而言，它都显得贫乏而空洞。因此，在将上面这首诗交付给那位朋友之前，我又写出了一首组歌的两段歌节，其中一段歌节是以我朋友的口吻发声，另一段则代表我自己。虽然二者在浮光掠影的读者看来出自同一人之手，但只要潜心细致地阅读体会，便会清晰地看到其中是不同的人在发声。因为其中一段歌节并未称呼她为他的女郎，而另一段则如是称呼。我将这首组歌和前一首诗交付给了朋友，并告诉他所有诗句均只以他的口吻写出。

组歌的开头是“**每当记忆转动**”，由两个部分构成：在第一部分亦即第一段歌节中，是我的这位好友兼女郎的至亲在哀悼；在第二部分亦即以“**收拢了我全部的叹息**”为首句的第二段歌节中，是我自己在哀悼。因此，很显然，在这首组歌中有两个人在寄托哀思，其中一位以兄弟的身份，另一位以爱神信徒的身份。

每当记忆转动，纵情，我想到
自己今生已经永远不可能
再见到这姑娘，就难忍悲痛。
悲痛的记忆潜伏在我心脏的周遭
聚拢起巨大的悲恸。
我说："我的魂灵，你还不启程？
那折磨着你的让你痛不欲生，
正是这时代，它已如此惹人厌恶，
我的思想被忧愁强烈地侵犯。"
因此我朝向死神呼喊，
如同呼喊甜蜜而愉悦的休止符；
并说"向我走来"携带辉煌的爱，
亡灵们都将悚闻我忌妒的声带。

收拢了我全部的叹息，就奏起
一曲哀恸的和声，
是在永恒地朝着死神呼喊。
它如今霸占了我全部的心意，
当我的女郎渐渐走远
被它的残忍送至亡故者的秘境；
她的美怎能如此动人，怎么能
一朝远行，逸出我们的视线，

就化作绝美的魂灵，如此盛大，
她朝向天国焕发。
爱的光芒，让众天使披上恩典，
纵使它们超凡的智慧，也精妙地
感觉到神秘降临，这温柔的圣迹。

三十四

在赐福女郎魂归永生天城整整一周年的那天，我在某处独坐冥想，一边怀念着她，一边在画板上画着天使。作画时，我抬眼四顾，看见有一群人围在我身边，我本应该向他们谦恭地表达问候。他们在看我在做什么，随后我才被告知，他们在我发现之前已驻足良久。看见他们时，我就起身向他们致意，说："另一个人萦绕在我脑海中，因此我陷入了沉思默想。"他们离开后，我继续画我的天使形象，其间，我想要写诗纪念她离去一周年，并想将诗篇寄送给那些刚刚陪伴我的人。于是我以"**此刻是谁**"起兴，写下这首商籁，但诗有两种开头，因此我将按照两种开头依次进行分层剖析。

首先，根据第一种开头，这首诗分为三个部分：在第一部分，我谈到这位女郎已留存在我的记忆中；

第二部分描述爱神对我的所作所为，开头是“**爱神**”；第三部分展现爱神带来的效果，首句为“**哀恸的眼泪**”。第三部分可细分为两节：第一节讲述我的所有叹息都迸发出话音；第二节指出有些叹息说出的话与其他叹息有所不同，这节的开头是“**有一声叹息**”。按照第二种开头所做的分层剖析与前一种基本相同，仅有一处差别，即在第二种开头的商籁的第一部分中，我谈到这位女郎何时溜进我的记忆，而在第一种开头的诗中未做交代。

开头一

此刻是谁已在我的心智中走过，
这温柔女郎，满怀着无价的道德，
升华了，陪伴在至高上帝之侧，
谦卑的天国，也是玛利亚的居所。

开头二

此刻是谁已在我的心智中走过，
这温柔女郎，爱神也为她哭泣着，
升上一切的峰顶是她无价的道德，

你们被吸引，再凝视我的劳作。

爱神，栖身于我的心智中聆听，
于是苏醒过来，从摧毁的心脏里，
并说："赶快离去。"对我的叹息，
每一声都听命令，疼痛地远行。

哀恸的眼泪，从我的胸腔迸射，
伴随着一个声音，它经常引领
悲痛的泪水在眼眸中噙满哀歌。
有一声叹息与至重之痛如影随形，
它微声地说："哦崇高的智者，
自从你升上天国，今已经年相隔。"[1]

三十五

后来，我在一个地方独自坐着，触景生情，追忆往事，内心愁肠九转，如此痛苦的思念一定让我的脸上露出了骇人的愀惨表情。意识到自己的可怕境况

1　这句诗表明后文中当但丁遇见新的温柔女郎时，已是贝阿特丽彩去世一年以后。

后，我抬眼环视四周，看看是否有人发现我。这时，我看到一位花容月貌的年轻温柔女郎[1]正透过窗户向下饱含同情地望着我，她的面容仿佛汇聚了所有的怜悯。伤心人如果看到有人怜悯他，便会很容易感动流泪，仿佛顾影自怜，因此我立刻感到自己的泪水开始涌出。因为害怕暴露自己生命的凄惨，我起身走出她的视线，离开了那个地方。随后，我自言自语道："倘若没有最高贵的爱在场，决然不会出现这位仁慈的女郎。"于是，我决定吟写一首商籁向她发声，将刚才所说悉数编织入诗。上述说明已经让这首诗的含义足

1　这位"温柔女郎"是但丁在贝阿特丽彩去世后遇见并爱上的一位新的女郎，她的出现确是有争议的一幕，显出但丁"移情别恋"之嫌。有研究者认为她可能是但丁的结发妻子多纳蒂（Gemma di Manetto Donati），但无论是否确有其人，她的象征意义显然远大于真实身份。但丁在《飨宴》中将这位女郎解释为哲学的象征（Dante, *Convivio*, II, ii），意味着他在遭受挚爱女郎之死的打击后转而通过哲学寻求安慰。到了《神曲》，贝阿特丽彩在责问但丁时曾两次提及这次"移情别恋"："当我一到人生第二时期的门槛，离开了人世，他就撇开我，倾心于别人。我从肉体上升为精神，美与德在我均增加后，对他来说，就不如以前可贵、可喜了；他把脚步转到不正确的路上，追求福的种种假象，这些假象决不完全遵守其任何诺言。"（Dante, *Purgatorio*, XXX, 124–132. 参见：《神曲·炼狱篇》中译本第 335 页）"你不应该让少女或者其他只能享受短暂时间的虚妄的事物引诱你展翅向下飞，等待再受打击。"（Dante, *Purgatorio*, XXXI, 58–60. 参见：《神曲·炼狱篇》中译本第 345 页）在这里，但丁对"温柔女郎"的爱象征着他在贝阿特丽彩去世后未能追随她的灵魂向上提升至对上帝的爱，转而向下迷恋虚妄的尘世事物。

够清晰，因此不再分层诠解。这首商籁的开头是“**眼眸望着**”。

眼眸望着我眼眸，海量的
怜悯已浮现，在你的神情里；
当你注视我的举止与形体，
汹涌的哀伤便激荡着我脸色。
彼时我察觉到你正思虑着
我的生命陷入晦暗的质地，
陡增的恐惧感突然灌进心底，
真怕眼眸将我的怯懦出卖了。

我从你眼前逃走，深感到
泪水潮涌冲刷着自己的内心，
它们暴乱，每当看见你脸庞。
身处魂灵哀恸的内核，我讲：
“这女郎恰好必是那位爱神，
她命我离去，并悲悼如潮。”

三十六

此后，每当我碰到这位女郎时，她的神情都充满怜悯，脸色变得白皙，几近爱的色泽。于是，多少次我曾想起总是面带相似神色的最高贵的赐福女郎。多少次当眼泪难遣心中悲伤时，我都会去凝望这位仅以神情便能使我双眼饱含泪水的仁慈女郎。因此，我迫切想要写诗向她诉说，以“**爱情的颜色**”起兴，我创作出这首商籁。由于我方才交代得足够清晰，因此无须再做剖析。

爱情的颜色，怜悯的表情，
皆不会再如此圣迹般浮现出
女郎的面容，当悲伤的泪珠
缀在她正凝视着的温柔眼睛。
仿佛我在你面前一旦显影，
你就会看见我唇畔的痛楚；
为了你，我在心中坠上重物，
只怕心会折断，无须外力引擎。

我已无法控制双眼的崩溃，

也无法遏止自己朝你去凝视，
因为泪水的愿望已然如此浓郁。
而你也加重了它们的心意，
它们想倾泻，将自己完全摧毁，
然而在你面前，痛哭不能允许。

三十七

这位女士的缱绻目光如今竟让我感到无比愉悦，为此，我经常恼怒自己，自感卑鄙可耻。因此，我常常诅咒眼睛的企盼，在心中对它们说："曾经，你们让那些看到你们哀伤之状的人潸然泪下，如今你们却因这位顾盼你们的女郎便要将之全部遗忘。她之所以顾盼你们只是因为她为你们曾经哀悼的荣耀女郎感到悲痛。你们尽可以为所欲为，但我会永远提醒你们想起她，该死的眼睛，因为你们的悲泣理应至死方休。"向眼睛说完这些话之后，我喟然长叹，这叹息深切而痛苦。为了让未曾经受这一折磨的人也能体会我的内心冲突，我决定创作一首商籁，以描述这一可怖的境况。这首商籁的首句是"**苦味的泪水**"，包含两个部分：在第一部分，我告诉自己的双眼，我的内心向我说了什么；第二部分从"**我的心灵**"开始，解答了一个疑难，指明了如此说话者是谁。这首诗本可以进一步剖析，但多说无益，因为前文的解释已使其含义清晰可辨。

“苦味的泪水已经被你们生产，
你们，我的双眼，熬过漫长时节
也让泪水源自其他的旁观者，
只因他们怜悯，正如你们所见。
如今你们的遗忘同样会蔓延，
假使我埋葬了本已承诺的职责，
不再去惊扰，激起过往的一切，
听凭她被忘记，曾使你们痛哭悼念。

你们的浮躁虚无让我冥思苦想，
并陷入惊慌，强烈地恐惧
这女郎的脸，而你们正聚焦凝视。
你们不应该，永不，除非已死去，
将你们的女郎，那已逝者，遗忘。”
我的心灵如是说，随后愕然叹息。

三十八

当我再次见到这位女郎时，她的目光对我产生了如此奇异的效果，乃至于我经常将其视作心仪的对象。我对她如是思量："这位女郎温柔、貌美、高贵、聪慧，或许，她的出现是出自爱神的意志，以让我的生命获得安宁。"我常常以更加深情的方式思来想去，竟至于内心赞同这一推断。表示赞同后，我转而受到理性的推动开始反思，并在内心对自己说："上帝啊，那试图以如此卑贱的方式安慰我并且几乎不允许我有任何其他念头的想法究竟是什么啊？"旋即，另一种想法在心中萌生，对我说："既然你在爱情中经受了这么多痛苦，何不从更加凄切的痛苦中解脱出来呢？你知道它出自爱神的灵[1]，在我们心中激发出爱的欲望，并且它源自那位满怀怜悯的女郎投射的无比仁慈的眼神。"最终，经过几番内心挣扎，我想书写更多诗歌袒露这一心迹。由于在思想斗争中支持女郎的想法占据上风，因此我似乎应该书写她。于是以"**它谈论着**

---

1 "爱神的灵"原文为"uno spiramento d'Amore"，参见《圣经》中的表述："你向谁发出言语来？谁的灵从你而出？"（《旧约·约伯记》26:4）

你，是温柔的思想”起兴，我写出这首商籁。我说“**温柔的**”是因为它在谈论一位温柔的女郎，而在其他方面它是最卑贱可耻的。[1]

根据诸种想法之间的区分，我将这首诗分为两部分：第一部分呼唤心灵，即欲望；第二部分呼唤魂灵，即理性，并且我还记述了魂灵对心灵所说的话。将欲望称为心灵，以及将理性称为魂灵是十分恰当的，对于那些我想向其澄清的人来说，这一点昭然可辨。在前一首诗中我以心灵的名义指责眼睛，而这似乎与本诗所谈相互抵牾。我要说明的是，前一首诗同样将心灵视为欲望，因为我最强烈的欲望仍是对端丽冠绝的女郎的回忆，而非目睹她以饱眼福，尽管我后来的确对她萌生了欲望，但毕竟微不足道。因此，这两种说法显然并不矛盾。

这首诗分为三个部分：在第一部分，我向这位女郎坦言自己的欲望如何彻底转向她；在第二部分，我描述展现魂灵亦即理性如何向心灵亦即欲望说话，开

---

1 这里的主语“它”指的是前面提到的但丁心中所产生的爱慕这位温柔女郎的想法。一种观点认为之所以“在其他方面它是最卑贱可耻的”，是因为这种想法意味着对贝阿特丽彩的遗忘和背叛；还有一种观点认为，爱神象征着哲学，心灵只有被它照亮才是善好的，否则便是邪恶的，因此，只有当心灵谈论温柔女郎（被爱神 / 哲学照亮）时，它的思想才是温柔的（或无罪的），而在其他方面都是邪恶的。

头是“‘**这是谁呢**’”；第三部分则交代心灵如何回应魂灵，首句为“**心灵回应道**”。

它谈论着你，是温柔的思想，
经常来造访我居住的地址，
推理着爱情，以欢愉的心智，
并驱迫心灵寄身认同的他乡。
“这是谁呢，”魂灵对心灵讲，
“它的到来安慰了我们的心智，
携带的神力也如此强势，竟使
别的思想，不能泊靠你我身旁？”

心灵回应道：“哦，擅思的魂灵，
这是爱神一个新的精灵与信使，
祂的情欲，都让它捎来我的眼前；
连同祂的生命，祂全部的价值，
始源之地，正是这双怜悯的眼睛，
它们搅动，激荡着你我的受难。”

三十九

一天，大约在第九时，一个与理性的建议相悖的强烈想象浮现在我心中。我仿佛从中看见了荣耀的贝阿特丽彩，她身着初次出现在我眼前时的火红衣裳[1]，仿佛仍然保持着那时的娇小年龄。随后，我开始思量她，在依次回想起往昔时光的点点滴滴后，心灵开始痛苦地悔恨当初时常如此卑贱地任凭自己被欲望摆布，与理性的坚定相悖。一旦我抛弃这种邪恶的欲望，所有思绪便再次转向端丽冠绝的贝阿特丽彩。坦白地说，从那时起，我怀着所有的羞愧之心[2]对她朝

---

1 这是但丁在《新生》中第三次提到初次邂逅贝阿特丽彩时后者所穿的红色衣服，前两次分别出现在第 2 节和第 3 节。

2 “怀着所有的羞愧之心”：但丁在《飨宴》中谈论“高贵”与“德行”的关系时指出，心智尚未成熟的青年男女在犯错后感到羞愧是一种“值得赞美的感情”和“高贵的征象”（Dante, *Convivio*, IV, xix.）。在《神曲》中，但丁面对贝阿特丽彩的责问时再次用“羞愧”一词表达当初“背叛”她的悔恨心情：“正如孩子们对自己所犯的过错感到羞愧，站在人前聆听训斥时，默不作声，眼睛看着地，脸上流露出认错和悔恨的表情，我站在那儿就是这个样子。”（Dante, *Purgatorio*, XXXI, 64–67. 参见:《神曲·炼狱篇》中译本第 345 页）值得注意的是，亚里士多德在《尼各马可伦理学》中同样谈到了“羞愧”的积极意义：“年轻人应当表现出羞耻的感情，因为他们由于听凭感情左右而常常犯错误，感到羞耻可以帮助他们少犯错误。”然而，亚氏认为羞愧并不是一种德行，因为羞愧的前提是作恶，而有德行的人是不会作恶的，“说由于一个人在做了坏事之后会感到羞耻，我们就应当说他是有德性的，这是荒唐的。因为，那个引起羞耻的行为必定也是出于意愿的行为，而一个有德性的人是不会出于意愿做坏事情的”。（Aristotle, *Nicomachean Ethics,* 1128b10–36. 参见：亚里士多德《尼各马可伦理学》中译本第 124—125 页）从对“羞愧”的态度可以看出基督教德行和古典德行之间的差异。

思暮想，声声悲叹即是证物，因为它们发出的声音都重复着我的心语，呢喃着这位端丽冠绝的女郎的芳名，泣诉着她如何离我们而去。多少次当思绪充满苦涩与悲痛，我竟会忘记所思何事，身处何方。悲叹日甚一日，退潮的泪水再次奔涌，仿佛双眼只为哭泣而生。我经常终日以泪洗面，眼圈发紫，与那些遭受苦难的人无异。通过这种方式，眼睛因见异思迁而受到了公正的惩罚，从此，它们就不能再看任何以激发类似倾向的目光回眸顾盼的人了。为了表明这种邪恶的欲望和愚蠢的诱惑已经从我心中涤荡一空，我决定创作一首商籁，将方才讲述的要义传达出来。我提笔写道：**“唏嘘！被无尽的叹息驱策”**。“唏嘘”之叹缘于我对眼睛的见异思迁感到羞愧。由于这首诗的写作缘由已经交代清楚，因此将不做分层剖析。

唏嘘！被无尽的叹息驱策，
叹息诞生于心中寓居的思想，
双眼被击溃，价值终于消亡，
无力再凝视它们的凝视者。
工具已被制成，是它们两个，
用于流泪，用于宣示悲伤，
眼泪一直流淌，让爱神从手上

赐下花冠，加冕这受难者。

那些沉思，与叹息一道出行，
皆化作我心灵中难遣的痛楚，
爱神也晕眩倒地，疼痛难支；
但至少埋葬在这哀恸的最深处，
镌刻着我女郎欢愉的芳名，
无尽的言语，触摸着她的伤逝。

四十

经历这次痛苦后，正值大批朝圣者前去瞻仰圣像的时期[1]，这圣像便是赐福女郎在荣耀中得见的耶稣基督留给我们的那幅最美的肖像。朝圣者沿着一条横穿市中心的道路行走，这里正是端丽冠绝的女郎降

1　这里的“圣像”指的是“维罗妮卡的面纱”（The Veil of Saint Veronica）。相传耶稣被押往刑场的途中，一位名叫维罗妮卡的耶路撒冷女信徒用自己的面纱为他擦拭血和汗。擦拭后，基督的面容便印在了这块面纱上。后来这块面纱作为圣物珍藏在罗马的圣彼得大教堂，被视为基督教艺术中的第一幅圣像画。但丁在《神曲》中也提到了这块面纱：“如同一个或许从克罗地亚前来瞻仰我们的维罗妮卡的人，由于这是他多年的夙愿，他在这一圣物展出时间总看不够，心里想道：‘我主耶稣基督，真正的神哪，您的相貌就是这样吗？’”（Dante, *Paradiso*, XXXI, 103–108 . 参见:《神曲 · 天国篇》中译本第 190—191 页）

脸庞的形容已将这秘密泄露。
没有啜泣传来，当你们穿过
这座浸透了悲恸的城镇半途，
正如那幢幢人影却魂灵枯疏，
难道不懂得它的凄惨落魄？

若你们驻足休憩，愿意聆听，
我心中叹息的预言必成真相：
当身影离去，你们将泪洒城中。
这里痛失的是它至福的女郎；
既然这些词语能诉说她的远行，
就有力量让赶路人泪水汹涌。[1]

四十一

没过多久，两位温婉的女士传话给我，请我寄赠

1 这是《新生》的第30首诗，意义重大，因为30是由象征着“三位一体”的数字3和象征着“完满”的数字10构成。但丁在这首诗中向朝圣者传达贝阿特丽彩的死讯，使得这种悲情从私人领域走向公共领域。而诗人的悲情之所以能打动他们，正是因为贝阿特丽彩与基督之间形成的对应关系，这首诗借朝圣者的出场，反过来也暗示了这一点。另据研究者统计，在《神曲》中，贝阿特丽彩被提到共63次，且在《炼狱篇》的第30歌（全书第64歌）向但丁显圣，与《新生》的第30首诗也形成了呼应。

给她们几首诗。考虑到她们地位尊崇，我决定不仅赠以旧作，还附上新诗，加倍满足她们的尊意。于是我创作了一首商籁，描述了我的境况，将这首新诗连同旧作寄赠过去，旧作便是那首以“**过来吧**”[1]为首句的商籁。

新近写就的商籁以“**超越了地球**”起兴，包含五个部分：在第一部分，我交代自己的思想去往何方，并以它所产生的其中一个效果命名它；第二部分说明它为何去往此处，即谁指引它去；第三部分描写它所看见的一位得享荣耀的女郎，我之所以称它为“朝圣者的魂灵”是因为它在灵魂上完成了一次上升之旅，就像一位身在异乡的朝圣者；第四部分叙述它如何看到她具有如此这般我无法理解的品质，换言之，我的思想向着这位女郎的品质飞升得如此高远，连理智也无法把握它，因为以我们的理智去把握圣洁的灵魂有如以肉眼去直视太阳，关于这一点，那位哲学家在《形而上学》第二卷中已有论说[2]；第五部分讲到即便

1 即第32节中的商籁。

2 但丁此处提及的是亚里士多德在《形而上学》第二卷中对人类探索真理时所遇到的困难的描述：“并且困难的存在有两个方式，其原因不在事情本身而在我们自己，因为我们灵魂的理智对于一切本性上最明白的事物，正如蝙蝠的眼睛对于白昼的光亮一样。”（Aristotle, *Metaphysics*, 993b8–11. 参见：［古希腊］亚里士多德，《亚里士多德》［转下页注］

我不能理解思想引我去观看的东西，即她的神奇品质，至少我能充分理解我的这一思想与赐福女郎息息相关，因为多少次当它来到我的心中，我都听到了她的芳名。在第五部分的结尾，我呼唤着“**亲爱的女郎们**”，以表明这是对诸位女郎说话。第二部分的开头是“**这新生的智慧**”，第三部分的首句为“**当它终于抵达了**”，第四部分从“**目睹这般光景**”开始，第五部分则始自“**我永恒铭记的词**”。这首诗本可以得到更加细

[接上页注]（第七卷），苗力田译，北京：中国人民大学出版社，2013年，第59页）托马斯·阿奎那在《反异教大全》中也曾引用过这句话。（Thomas Aquinas, *Summa Contra Gentiles*, III, 45. 参见：[意]托马斯·阿奎那：《反异教大全·论运筹》[上]，段德智译，北京：商务印书馆，2017年，第204页）但丁在《飨宴》中亦有对亚里士多德这句话的暗指。（Dante, *Convivio*, II, iv, 16–17; III, xiv, 10.）另外，《神曲》中也有诸多类似描写：“当我转身向后，那重旋转的天中出现的事物接触到我的眼睛时，每次在其圆圈中凝视，我都看到一点放射着那样强烈的光芒，致使其所照射的眼睛由于其极大的强度而不得不闭上。”（Dante, *Paradiso*, XXVIII, 13–18. 参见：《神曲·天国篇》中译本第171页）“如同突如其来的闪电剥夺了视觉的能力，致使眼睛看不见光度更强的物体，同样，在我周围发出一片强烈的光辉，这片光辉以它如此耀眼的纱幕包起，致使我任何物体都看不见。”（Dante, *Paradiso*, XXX, 46–51. 参见：《神曲·天国篇》中译本第182—183页）但最终，在贝阿特丽彩的启发下，但丁终于获得了超自然的强大目光：“‘那使这重天静止不动的爱总是以这样的欢迎方式接纳灵魂们到它跟前，为了使蜡烛得以适应它的火焰。’这些简短的话一进入我内心，我就立刻感到自己在超出原有的能力以上，一种新的视力在我心中重新点燃起来，使得我的眼睛对多么灿烂的光都能经受。”（Dante, *Paradiso*, XXX, 52–57. 参见：《神曲·天国篇》中译本第183页）

致的分层诠解，但上述剖析已能够传达诗义，故不再进一步划分。

超越了地球这广袤的旋转体，
叹息穿透大气，从我心灵始发。
这新生的智慧，是爱神谋划，
哭着完成，引导它朝高处升起。
当它终于抵达了那应许之地，
就看见一个女郎，收获着光华，
也施予了光彩；这辉煌的焕发，
吸引朝圣者的魂灵[1]凝神注视。

目睹这般光景，言辞朝我涌来，
我却无法领悟它微妙的奥义，
尽管是心灵，曾疼痛中开启此门。
但我知道这些言辞温柔如斯，
因为传来的声音总是贝阿特丽彩。

1 “朝圣者的魂灵”这一表述让人想起爱尔兰诗人叶芝（William Batler Yeats）在 1893 年创作的传世情诗《当你老了》（*When You Are Old*），诗中同样出现了“朝圣者的魂灵”，与但丁的诗文形成鲜明的互文关系。

我永恒铭记的词，亲爱的女郎们。[1]

四十二

吟罢此诗，一个神奇的异象赫然耸现，其中的所见使我下定决心在有能力以一种更崇高的风格咏唱这位圣洁女郎之前封笔缄口。为达目标，我必焚膏继晷，淬砺致臻，这一点她定然知晓。倘若那位化育万物者[2]愿意垂赐我生命以更多年岁，我希望以其他任何女人未曾得享的方式[3]吟写她。而后，蒙谦恭之主[4]

---

1 至此，但丁完成了《新生》全部 31 首诗歌。值得注意的是，但丁是以对称结构来精心安排这 31 首诗歌的，研究者从不同角度分析《新生》结构的可能样态，如 10–1–4–1–4–1–10（Charles Eliot Norton），10-1-9-1-10（Giovanni Federzoni），1–9–1–9–1–9–1（Kenneth McKenzie）等。无论是哪种，这种对诗歌结构的安排与神圣秩序密不可分。到了《神曲》的创作，我们会看到但丁更加严格精密地以数字 3 来安排其篇幅和结构：全书共 3 部，除了《地狱篇》的第 1 歌作为全诗序章外，每部均为 33 歌，共 100 歌，诗歌结构与神圣秩序完美契合。从这里可以看出，但丁的神学是诗歌的神学，但丁的诗歌亦是神学的诗歌，正如薄伽丘在《但丁传》（*Vita di Dante Alighieri*）中所说："神学就是上帝的诗……诗是神学，神学也是诗。"（参见：[意]薄伽丘 / 布鲁尼著，周施廷译，桂林：广西师范大学出版社，2008 年，第 63 页）

2 "化育万物者"，指上帝。

3 "其他任何女人未曾得享的方式"及前文的"一种更崇高的方式"是对但丁写作《神曲》的预示。

4 "谦恭之主"，一种观点认为指的是上帝，另一种观点则认为是爱神。

的圣意，我的灵魂将去观照挚爱女郎即圣洁的贝阿特丽彩的荣耀，她在荣耀中凝视着那位“万世永受称颂”[1]的上帝的圣容。[2]

1 原文为拉丁文“qui est per omnia saecula benedictus”。参见：“耶和华是应当称颂的，直到永远。阿们！阿们！”（《诗篇》89:52）“他们将神的真实变为虚谎，去敬拜侍奉受造之物，不敬奉那造物的主。主乃是可称颂的，直到永远。阿们！”（《罗马书》1:25）

2 在《神曲》中，朝圣者但丁终于目睹了沐浴在上帝荣光中的贝阿特丽彩：“关于那一瞬间，我只能这样说，凝视她，我心中的一切其他意愿皆空；在那永恒的欢乐之光直射贝阿特丽彩的眼睛，由她的美丽的明眸反射到我的眼帘中，使得我感到心满意足时，情况一直如此。”（Dante, *Paradiso*, XVIII, 13–18. 参见：《神曲·天国篇》中译本第 114 页）“我这样祷告；她，在看来似乎那样遥远的地方，向我微笑，凝望着我；然后就把眼光重新转向那永恒的源泉。”（Dante, *Paradiso*, XXXI, 91–92. 参见：《神曲·天国篇》中译本第 190 页）

附录：抒情诗七首 *

1. 商籁体

致布鲁内托·拉蒂尼[1]

——《新生》附诗

布鲁内托大师，这是我的小女仆[2]
前来与君共度她的复活节之际。

---

* 罗塞蒂除了翻译但丁《新生》，还曾译出但丁的其他若干抒情诗（Rime），这里选译七首，作为《新生》附录。

1 布鲁内托·拉蒂尼（Brunetto Latini, 约 1220—1294），是佛罗伦萨的大学者，但丁年轻时的老师。拉丁尼早年一直流亡于西班牙和法国，1266 年返回佛罗伦萨，在公共生活领域与诗人行会中享有盛誉。在《神曲》中，因鸡奸罪被打入地狱的第七层。但实际上两人互相欣赏，感情甚笃。

2 小女仆，指的正是但丁的诗集《新生》。这首诗随诗集附寄给老师拉丁尼，带有对诗集进行说明的性质。这首诗的写法是典型的“温柔新体派”，以女性、情爱为显性主题，但包含了多层的含义，让人想起但丁在《飨宴》和《致斯加拉大亲王书》中所阐发的诗的“四重含义”（字面义、寓言义、哲理义、秘奥义）。

对宴飨的乐事并不精于算计——
她的欲求难被填补，唯有阅读。
如若轻率，她的滋味就无法量出，
人群嘈杂的玩笑里也难寻芳踪；
哈！一点点花言巧语她正好受用，
随后就卧入这新伴侣的头颅。
但是，若您对她未能精确理解，
身旁恰有许多位阿尔伯特长老[1]，
他们的智慧，能化解一切麻烦。
同他们商量，请莫嘲笑这甜姐；
如果您仍然觉得她秘意深奥，
就请出雅努斯大师，来终止疑难。

1　这里指的可能是德国天主教多明我会主教和哲学家大阿尔伯特（Albertus Magnus），他是当时欧洲最博学的人之一，也是托马斯·阿奎那的老师，师徒二人在《神曲》中皆被但丁安置在天堂。但丁在这里之所以使用复数形式，是在与老师拉丁尼开玩笑，意在"提醒"老师以卓越的智慧，获得对《新生》的准确理解。后面的"雅努斯大师"是指雅努斯双面神，也是由此而来的玩笑话。总之该诗轻松俏皮，略带情色意味，由此可以一窥两人的师生友谊。

2．商籁体

关于贝阿特丽彩·德·波尔蒂纳里，在万圣节

去年万圣节佳期，如今虽已消散，
我巧遇了结队的闺中少女们，
她走在最前面，这最夺目的美人，
爱神近在身边，蒙受着陪伴。
一束燃烧的火焰穿过她坚定的眼，
鲜活的火影中一个精灵安稳。
而我，以无畏去凝视，疑问
便被战胜，知晓一位天使的可见。
当她走过街头，仪态谦卑温和，
每个值得的人都收获了致意，
将魂灵熊熊升上思想的彼岸楼阁。
天堂里一定记着这女郎的生日，
我想，为了我们她才会在这；
有福者是你：遇见她，在尘世的土地。

4. 商籁体：但丁与奇诺·达·皮斯托亚[1]互赠诗

但丁斥责奇诺的轻浮

一场永久的分别在我的心中计划，
亲爱的奇诺大师，同你笔下的诗行；
别样的航线，延展出海岸的远方，
我的宝船必须载满她的货物出发。[2]
依旧是，我听人们议论起你的情形，
每一种引诱，都让你轻易沉迷。
祈祷我的声音能被借走片刻时日，
直到某种坚毅在你耳中孕育生成。

1 奇诺·达·皮斯托亚（Cino da Pistoia, 1270—1336/1337），原名 Cino Dei Sighibuldi，1270 年生于意大利皮斯托亚（Pistoia）的贵族家庭，比但丁年轻五岁。诗人，法学家。曾在博洛尼亚大学学习法律。是“温柔新体派”阵营中的多产成员，受到但丁的欣赏，并对稍晚的彼特拉克产生了影响，但后世批评家对其评价并不很高。曾因皮斯托亚政治纷争而遭流放六年，后出任驻佛罗伦萨使臣。

2 但丁此处所指的便是贝阿特丽彩以及《新生》。但丁将航海词汇与写作《新生》关联起来，是本诗的一大修辞特色。这既揭示了但丁对古典诗歌修辞传统的继承，也揭示了文艺复兴初期的地中海历史风情与文学之间的互动关系。

假如一个男人经受了这爱的测量，
依旧随心所欲，就狭隘又销蚀，
被爱神轻微地创伤，都会轻易觉察。
如此心智若是你躬身追随的律法，
以上帝之名，我祈祷它的废止，
便统一了：你的行为你甜蜜的诗。

奇诺回复但丁，忏悔自己不坚的心

但丁，因为我从自己的故园出走，
在沉重的流放中，已沦为迷途者，
远离了最纯粹的愉悦，这流淌的
曾经，来自愉悦与恩惠的源头。
我已痛哭着穿过世界晦暗的空间，
但骄傲的死神太吝啬，太节俭；[1]
而当遇见爱神，这死神的近邻，
手中追捕的箭依然囚禁着我的心。
从祂无情的靶心，我不能获救，
以希望安慰脆弱的意志，也不能；
没有真正的救援存在，与我分享。
于是有一种纵乐将我消磨与捆绑：
被同一位美神所引诱，我却仍
纵情着，在各处女郎的闺房周游。

1 这里的意思是，流放中的奇诺想到了死，但死神因为太吝啬、节俭而没有收留他。

但丁致奇诺，写于流放之中[1]

因为我根本找不到谁去讲述
那神祇，我属于祂，而你也是。
理应在你耳中停驻，部分的心迹，
我会为此，欢愉地将全部倾吐。
而且你确信再无其余偶然之物，
在我漫长的沉默里，当流离异地，
除了这禁区，如此愧疚在我心里，
权力不会赋予任何人叫它停驻。[2]
爱神到此，不再浮出其他女郎的面容，
也没有男子来这里真心为我叹惋，
径直说出“你这傻瓜”，毫无遮拦。

1 1302年，但丁出使罗马。在此期间佛罗伦萨发生政变，敌对党取得政权，判处但丁流放两年。因但丁拒不认罪，被改判终身流放。从此以后，但丁流亡各地，如维罗纳、博洛尼亚等，凡20年，直至1321年病逝于拉文纳，未再返回故乡佛罗伦萨。

2 此处由心中愧疚而成的禁区，仍是指贝阿特丽彩。但丁在《新生》末尾曾说暂时不再为她写诗，直到能为她写出前所未有之作为止。这一“漫长的沉默”，持续了十余年，贝阿特丽彩再次正面现身，便是在但丁逝世前不久方得完稿的《神曲·天堂篇》中。

噢！奇诺大师，时光何其卑鄙狰狞，
它嘲讽你我，朝我们的诗韵说“呸”！
然而真理[1]的收获，竟然如此低微。[2]

1 此处及后面一诗中的“真理”一词，罗塞蒂的英译本皆为“truth”，但丁的原诗则为“ben”（善），二者有清晰的差别。这里仍按罗塞蒂的译词处理，以呈现其译文原貌。

2 流放生涯中的但丁，心情自然低落；这首诗也流露出了他对自己作品是否能经受时间检验的焦虑。但另一方面，我们仍可见到完成了《新生》的但丁，并未将贝阿特丽彩抛诸脑后，她构成了但丁“漫长沉默中的禁区”。但丁在困苦的流放中，一直苦苦求索着书写贝阿特丽彩的“前所未有”的契机与方法，而“权力不会赋予任何人叫它停驻”。

奇诺回复但丁，并为他祈祷，

以贝阿特丽彩之名，继续其伟大诗作

我不知道，但丁，在何种避难所里
居住着真理，它已与所有人一同发疯；
穿越庞大的时光，从这片土地逃逸，
直到其替代物降生，是上帝雷霆轰隆。
我们流徙的人生若清晰地预示
真理已在此地熄声，没有留下回应；
上帝啊，请告诉我们永别的消息，
虽然这与魔王邪恶的布道异曲同工。
正因如此，尘世的王国已经碎裂，
涉足的每寸泥土，都诉说真理的敌意。
你将到哪里去寄放你海量的悲伤？
愉悦吧我的兄弟，脱下悲恸之裳，
将那女郎的芳名当成你的目的地，
赎回誓约[1]，切莫停步，切莫兀自消解。

1　此处的“誓约”，是指在《新生》结尾，但丁立誓要以“其他任何女人未曾得享的方式”来书写贝阿特丽彩。奇诺这首诗，应是写于但丁流放初期，此时的但丁还未开始《神曲》的创作。

译后记

这部但丁《新生》中译本的出版缘自一系列友爱的相遇。在人大文学院读博的第二年，我去旁听哲学院吴功青老师的“文艺复兴哲学研究”课程，在课上研读了但丁的《帝制论》。由于在文学专业较少触及这位诗人的政治哲学思想，因此受益匪浅，并且萌发了对但丁名下多少被《神曲》耀眼光芒遮盖的“次要著作”（opere minori）的兴趣。学期末的一天，我在图书馆外文书库闲逛，随手抽出一本装帧精美的小书，翻开一看，竟是但丁首部作品《新生》的英译本。捧读片刻后心血来潮，萌生将它翻译出来的念头，于是借回宿舍，利用闲余时间动笔翻译。当译至第 7 节的诗歌部分时，自感笔力不逮，难以充分传达诗歌的韵律和美感，便搁置一旁了。

彼时，我与邻舍的诗人李海鹏交谊甚笃。海鹏热爱阅读和诗歌创作，勤于研习其精神谱系中古今中外优秀诗人的诗艺，擅长运用汉语的韵律和意境营造“传奇”的艺术效果。他常常深夜挑灯“抽思织锦”，每有新作必发于我品读。我们也不时分享阅读心得，讨论文学和哲学话题。某日，从民大踢完球骑车回校的路上，闲聊中我谈到搁置的《新生》翻译计划，邀请海鹏一起加入；刚在绿茵场上默契配合互送助攻的两人一拍即合，约定共襄译事。

我们合译《新生》，初心是为了尝试用汉语去接近一位伟大诗人的细腻情感和幽微思想，未曾想过要出版，只随手将部分译文分享在豆瓣上；后来，我们有缘结识在漓江出版社工作的人大校友林培秋编辑，她热心提出要将拙译出版。我和海鹏既满怀期待，又倍感压力，因此在完成初稿翻译后开始反复打磨润色，并根据掌握的相关研究文献对关键词句做了注释，以期在尽量准确传达语义的基础上呈现《新生》与其他文本的互文关系，最后就有了读者眼前的这个译本。

在翻译过程中，前辈学人王独清先生、钱鸿嘉先生和沈默先生的中译本，为我们理解文本以及探索汉语表达潜力提供了有益的指引和借鉴；吴功青老师对译文和注释的诸多地方，特别是涉及与但丁密切相关的古典和中世纪思想的疑难之处，给予了富有启发的指导和建议；浙江大学的但丁研究专家朱振宇老师欣然为拙译作序，对《新生》做了精彩解读，并给予我们莫大的勉励；另外，时嘉琪博士根据《新生》日译本（ダンテ著、平川祐弘訳『新生』、河出文庫、2015）也提出了若干有益的参考建议。对于这些师友的帮助，译者十分感激，唯有“焚膏继晷，淬砺致臻”。当然，还要特别感谢林培秋编辑耐心细致的工作，合作期间，她诞下了一个新生命，这本《新生》可视为献给这个新生命的礼物。

下面交代一下翻译所依据的版本：本书翻译以 Dante Alighieri, Dante's Vita Nuova: *A Translation and an Essay*, Translated by Mark Musa, Bloomington: Indiana University Press, 1973 为底本，并参考了另外三个英译本（Dante Alighieri, *The New Life*, Translated by Dante Gabriel Rossetti, New York: NYRB Poets, 2016 ; Dante Alighieri, *La Vita Nuova*, Translated by David R. Slavitt, Cambridge, MA: Harvard University Press, 2010; Dante Alighieri, *Vita Nova*, Translation, introduction and notes by Andrew Frisardi, Evanston, Illinois: Northwestern University Press, 2012）。在具体分工上，由石绘翻译散文部分，李海鹏翻译诗歌部分；吴功青老师据意大利文版（Dante Alighieri, *Vita Nuova*, Premessa di Maria Corti e

Cura di Manuela Colombo, Milano: Universale Economica, Feltrinelli/Classici, 2017）校对。

正如但丁面对挚爱贝阿特丽彩时感到目力不及以致封笔缄口一样，译者在翻译此书时亦常有绠短汲深之虞；因此，倘有参悟不彻或词不达意之处，敬请诸位方家不吝指正。

2021 年是但丁逝世 700 周年，谨以此纪念这位西方文明史上的伟大心灵。

石绘

2020 年 9 月于北京